author
kimimaro
illust.もきゅ
7
JN131634
で無能と
われ続けた俺ですが、
界的には
超有能
だったようです

「皆様、初めまして。
この国の第二王女です」

メルリア

クルタ
ニノ

「それでは、
選手たちの
入場です!!」
ライザ
ジーク(ノア)

アロンダイトが黄金の輝きを放った。
その光はさながら、夜明けを告げる太陽のよう。
あまりにまばゆくあまりに神々しい。

「滅びろおおおぉっ!!!!」

contents

家で無能と言われ続けた俺ですが、世界的には超有能だったようです 7

kimimaro

GA文庫

カバー・口絵・本文イラスト
もきゅ

第一話　大剣神祭の知らせ

ラージャの街から北東に向かうこと数時間。

ラズコーの谷へと至る手前に、小さな遺跡がある。

古代都市の跡地とされるそこは、全身が鉄でできたアイアンゴーレムが現れることで有名だった。

「思ったよりも大きいですね」

長い歳月の間に風化し、森に呑《の》み込《こ》まれてしまった古代都市の残骸。

かつては人が盛んに往来していたであろうその通りを、巨大なゴーレムが闊歩《かっぽ》している。

その背丈は、大人の男の倍ほどはあるだろうか。

ずんぐりとした土偶のような造形からして動きは遅そうだが、その分、パワーは相当なものにみえる。

「これでCランクは、ちょっと割に合いません」

「ま、強いけど倒し方はいろいろある相手だからね。それに、素材として売る分を考えれば割がいいし」

不満げな顔をするニノさんに、クルタさんが告げる。

ゴーレムは頑強な身体と無尽の体力を持つ厄介なモンスターだが、反面、行動パターンが絞りやすい。

魔術回路で動いているため、どうしても単純な動きしかできないのだ。

その上、倒せば全身を上質な鉄として売ることができるため決して悪い相手ではない。

古代に作られた鉄は、現代のものより質がいいのだ。

「さっさと片付けちまおう。手筈《てはず》通りにな」

「任せてください」

俺《おれ》が頷《うなず》きを返すと同時に、ロウガさんが建物の陰を出た。

ゴーレムが彼の姿を発見し、排除に動き出す。

すかさずクルタさんとニノさんがロープを投げ、ゴーレムの足へと巻き付けた。

――ゴォンッ!!

バランスを崩したゴーレムが倒れ、鉄の巨体が錆《さ》びた鐘のような音を響かせた。

それを合図として、俺は聖剣の柄に手を添えながら一気に踏み込む。

そして――。

「はあああぁっ!!!!」

一閃《いっせん》。

白刃が宙を裂き、ゴーレムの背中を火花が走る。

その刹那、鋭い光を放っていた巨体が二つに割れた。

――軽っ!!

あまりの手ごたえの無さに、俺は驚いて目を剝《む》いた。

巨大な鉄の塊がまるで野菜でも切るかのようだった。

勢い余った俺は、危うくゴーレムの前で盾を構えていたロウガさんに突っ込みそうになる。

「わわわっ⁉」

「おいおい⁉　大丈夫か？」

「え、ええ……」

倒れそうになりながらも、どうにか体勢を整えて剣を鞘《さや》に納める。

ふう、切れ過ぎるってのもちょっとばかり考え物だな。

この威力だと万が一のときが恐ろしい。

人間の身体なんて、掠《かす》っただけで真っ二つになりそうだ。

「……こりゃ、普段使いはやめた方がいいかもしれねえなぁ」

「それはそれでもったいなくない？」

「使い慣れておかないと、いざというときにうまく扱えないかもしれないですよ」

「うーん、そりゃそうだが……」

ゴーレムの断面を見ながら、渋い顔をするロウガさん。

つるりとした断面は滑らかに光を反射し、おぼろげながらも彼の顔を映し出していた。

うーん、どうしたものかなぁ……。

俺としては、せっかく苦労して手に入れた剣なのでしっかりと活用してはいきたい。

けれど、みんなに怪我《けが》をさせたりしたくないし……。

「ゴーレムの残骸を納品するついでに、バーグさんに相談してみますか」

「親父に相談？」

「ええ、切れ味をちょっと抑えられないかって」

こうしてゴーレム討伐を終えた俺たちは、バーグさんの店へと向かうのであった。


――○●○――


「そりゃ、やってやれねえことはないが……」

その日の夕方。

聖剣の切れ味について俺から相談を受けたバーグさんは、苦虫を嚙《か》み潰《つぶ》したような顔をした。

うわぁ……、めっちゃくちゃ嫌そうだな……。

どうやら彼は、聖剣の切れ味について今の状態がベストだと思っていたらしい。

「魔王が相手だろうと負けねえように、この俺が丹精込めて修理した剣なんだぞ？　その刃を、何が悲しくて鈍らせなきゃならねえんだ」

「そうは言うがな、ここまで切れると逆にあぶねえんだよ」

「ふん、刃物は何でもあぶねえもんだろうが！」

そう言うと、バーグさんは俺たちが運んできたゴーレムの残骸を店の奥へと移動させた。

そして、ほらよっと金貨を投げてくる。

「依頼料と買取り代金だ。さっさと帰りな」

「おいおい、そう機嫌悪くするなよ」

ロウガさんがどうにかなだめようとするものの、取り付く島もなかった。

この分だと、バーグさんを説得するのはかなり難しそうだ。

普段は気のいい彼だが、ドワーフだけあって鍛冶仕事には相当のこだわりがあるらしい。

さて、どうしたものかな……。

やっぱり、普段使い用に別の剣を用意するべきだろうか。

俺があれこれ考え始めたところで、ふと店の外から声が聞こえてくる。

「まったく、我が弟ながら情けない」

振り返れば、そこにはライザ姉さんが立っていた。

話を立ち聞きしていたらしい彼女は、やれやれと大きなため息をつく。

「剣の切れ味を持て余すなど、まだまだ未熟な証拠だぞ」

「……珍しく正論で、何も言い返せない！」

「何が珍しくだ！　……まあいい、そんなお前にちょうどいい知らせを持ってきてやったぞ」

そう言うと、姉さんは先ほどまでとは打って変わって満面の笑みを浮かべた。

ニコーッと擬音語が聞こえてきそうなほどだ。

な、なんだ……？　どうしてこんなに機嫌がいいんだ？

ライザ姉さんが機嫌がいいときは、だいたいろくなことが起きない。

俺はとっさに嫌な予感がして後ずさりするが、姉さんはサッと距離を詰めてくる。

「ほら、受け取れ」

「う、うん」

こうして渡された紙をやむなく受け取ると、そこには――。

「第七十回エルバニア大剣神祭……えええっ⁉」

剣聖を決めるための剣術大会の名前が、大きくはっきりと記されていた。


――○●○――

――大剣神祭。

四年に一度開催される次期剣聖を決めるための剣術大会だ。

そのレベルは非常に高く、各国の騎士や有名冒険者などもこぞって参加する。

大陸に住む剣士にとってはまさしく祭りであり、夢の舞台でもあった。

しかし……。

「大剣神祭って、あと二年は先じゃなかった？」

前回の大会にライザ姉さんが出場したため、時期は覚えている。

確か、あれは二年ぐらい前だったはずだ。

家で待っていた俺たちに優勝を報告したライザ姉さんの顔は、今でも忘れない。

姉さんが嬉《うれ》し泣《な》きなんてしたのは、後にも先にもあの時ぐらいだろう。

「それが、新国王の即位記念とやらで早まったらしい」

「国王って、エルバニアの？」

「ああ。何でも先代が心臓を悪くされたそうでな、少し早いが代替わりするそうだ」

「なるほど、それで」

武の国と呼ばれるエルバニアにとって、大剣神祭は国を挙げての一大イベントである。

新国王の権威を示すには、まさしくうってつけの催しなのだろう。

多少、無理をしてでも開催を早めるのはわからないでもない。

「大剣神祭には大陸各地から強者たちが集う。お前も参加すれば、間違いなく良い修行になるぞ」

「そりゃそうだろうけど、俺なんてまだあの大会に出るほどじゃないよ」

剣聖といえば、世界の剣士の頂点に立つ存在である。

それを目指そうというのだから、大剣神祭に参加するのは世間でも名の通った強者ばかり。

仮に俺が出たところで、予選を勝ち抜いて本選に出られるかも怪しい気がする。

前にライザ姉さんに一発当てたことはあるけれど、あの時も剣士としては邪道なことをしていたし。

大剣神祭のルールの下では、あんなやり方はできないからなぁ……。

「うーん……」

「いいんじゃない？　ボクはジークが活躍するところ見てみたいかも」

「活躍ですか？　いや、期待されても……」

「おいおい、Aランクになったのにまだ自信がねえのか？」

「そうですよ。ちょっと嫌味っぽいぐらいです」

新人の俺にランクを超されたことを、ちょっと気にしているのだろうか？

ニノさんの口調が、どことなーく刺々《とげとげ》しい。

本気で怒っているわけではないが、チクチクとつついてくる感じだ。

「あはは……。そうですかね？」

「そうですよ！　そろそろ自覚したらどうですか？」

「……ま、ジークに自覚がないのはいつものことだから」

「だな。もしジークが調子に乗るような日が来たら槍《やり》が降るぞ」

そう言うと、楽しげに笑うロウガさん。

それにつられて、クルタさんやニノさんまでもが笑みを浮かべる。

……俺ってそんなに無自覚なのかな？

別にそんなことはないように思うんだけど……。

みんなのノリについていけず首を傾《かし》げていると、やがて姉さんが仕切り直すように言う。

「とにかく、ノアには大剣神祭に出てもらう。これは私からの特別依頼だ！」

「拒否したら？」

「それはできん！」

有無を言わせぬ勢いのライザ姉さん。

これはもう、引っ張ってでも参加させるつもりだろう。

俺は渋々ながらも、大剣神祭に参加することを了承したのだった。

○●○

「さて、みんな集まりましたわね」

ところ変わって、ウィンスター王国の王都。

その郊外にあるノアの実家では、恒例の姉妹たちによるお茶会が開かれていた。

第十回お姉ちゃん会議である。

議題はもちろん、ノアが出場させられるであろう大剣神祭についてだ。

「大剣神祭が来月開催されるということは、前回の終わりに告げた通りですわ」

「まさか本当に二年も前倒しされるなんてね。ちょっと驚いたわ」

「ええ。あれだけの規模の大会を開催するには、相当の準備が必要なはずですが……」

顎に手を当てて、怪訝《けげん》な表情をするファム。

教団の式典などにも関《かか》わる彼女は、大規模なイベントを行うのにどれだけ手間と時間がかかるかを熟知していた。

その知識をもとにすれば、小国であるエルバニアが、大剣神祭を前倒しするのはかなり苦しいはずだった。

「表向きは新国王の即位記念となっておりますけど、いろいろと裏があるようですわよ」

「へえ、何か知ってるの？」

「うちの情報網は優秀ですから。何でも、大剣神祭の早期開催を主張したのは現国王ではなく王になりそびれた第一王子だとか」

――王になりそびれた。

不意に出てきた曰《いわ》くありげな言葉に、皆の表情が変わった。

アエリアは場の雰囲気が変わったことを察しつつも、冷静な口調で続ける。

「先王が隠居する際に、本来であれば第一王子のシュタイン殿下が位を継ぐはずでしたの。ですが、実際は素行不良を理由に王弟のエドワード公が継がれたとか」

「揉《も》め事《ごと》の気配。素行不良って、なに？」

「それについてはいろいろありますわね。裏社会のやからとつるんで良からぬ商売をしたとか。女癖が悪くてそこら中に愛人がいるとか。騎士団の予算を私的に使い込んだとか……。どれも噂《うわさ》話で確証はございませんが」

「スキャンダルだらけじゃない！　そんな王子が提案した早期開催……、何かあるかもしれないわね」

腕組みをしながら、あれこれと思案を始めるシエル。

するとここで、アエリアが急に余裕ありげな笑みを浮かべる。

「そこで、わたくしが大剣神祭を見に行きますわ」

「見に行くって、あの大会のチケットってほぼ取れなかったはずよ」

「おほほ、わたくしを誰《だれ》だと思っておりますの？　大会への資金援助を申し出たところ、快くチケットをお譲りいただけましたわ」

「あ、自分だけずるいわよ！」

「ずるくありませんわ。悔しかったら、シエルも一億ゴールドほど援助すれば貰《もら》えますわよ」

「むぐぐ、ちょっと足りないわね……！」

一億ゴールドという大金に、流石《さすが》のシエルも悔しげな顔をした。

ファムとエクレシアもすぐに大金を動かせないのか、ムムッと眉間に皺《しわ》を寄せる。

三人とも資産はそれなりに持っているが、流石にアエリアとは桁《けた》が違った。

「大丈夫、みんなの分もわたくしが責任をもってノアを見守りますわ。ライザもついていることですし、きっと平気だと思いますが」

「……ここは、アエリアに任せましょうか」

「そうですね。私もエルバニアとなるとすぐには向かえませんし」

「ん、今回は任せた」

こうして、アエリアが姉妹の代表としてエルバニアに向かうこととなったのだった。

第二話

荒野の狩り

ラージャの街から北に向かっておよそ十日。

大陸北部に広がる乾燥した荒野に、武の国エルバニアはある。

農作には適さない不毛な土地であるが、豊富な鉱物資源が得られることから武具の産地として知られている。

人と魔が争った時代には、この地を巡って激しい戦いが幾度となく繰り広げられたらしい。

「あれがエルバニアか。思ったよりでけえな」

「あの街に国民の八割が住んでるらしいからな。無理もない」

馬車に乗って街道を進んでいると、赤茶けた地平線の先に大きな街が見えてきた。

丘か山を丸ごと城壁で囲って街にしたのであろうか？

街が上と下にわかれ、さながら二段重ねのケーキのようになっている。

その規模はかなりのもののようで、国としては小さくとも都市としては大きいようだ。

たぶん、人口もラージャよりはるかに多いだろう。

「もしかして、あれが大闘技場じゃない？」

見てみてとばかりに、街の東側を指さすクルタさん。

街の下層、ケーキの一段目に当たる部分に巨大な円形の建造物が聳《そび》えていた。

アーチを組み合わせて作られたようなその建物は、恐らく大剣神祭の舞台となる大闘技場だろう。

大陸一の剣士を決める戦いが行われるだけあって、その威容は街の外からでもはっきりと見える。

この感じからすると、万単位の観客を収容できそうだ。

「うわー、でっかいなぁ……！　あそこで戦うと思うと……！」

「なに、すぐ慣れるさ。それに、戦いの最中は観客のことなど気にする余裕はないぞ」

そう言って、どこか余裕のある笑みを浮かべるライザ姉さん。

まさしく経験者は語るというやつで、説得力が半端《はんぱ》ではない。

まあ、まずはそこよりも戦いに勝てるかどうかについて心配するべきだろう。

「何はともあれ、無事につけて良かったよ。この辺りは魔物も多いから」

「そういや、ミーム荒野もこの近くだったたな」

「ミーム荒野？」

「有名な危険地帯さ。知らないのか？」

「ええ」

俺《おれ》がそう言うと、ロウガさんはそっと馬車から身を乗り出した。

そして荒野のはるか先、巨大なテーブルマウンテンの方を見やる。

「あそこにデカい岩山があるだろ？　あの向こうに広がっているのがミーム荒野さ。龍脈が乱れているせいで、凶悪な魔物がわんさか住み着いてるらしいぜ。俺も実際に行ったことはないが、冒険者の間じゃ有名な場所さ」

「わぁ……、絶対に近づきたくないですね」

「修行にはもってこいの場所だがな。私も、前の大会の時はあそこで調整したものだ」

「そりゃ、姉さんぐらい強ければ話は別ですけど……」

ヒュドラさえ簡単に倒してしまうような姉さんと一緒にされても困るんだよなぁ……。

Aランクになったとはいえ、俺の強さはまだまだ姉さんの半分にも満たないだろう。

とはいえ、大会までしばらく時間がある。

長旅で身体が少しなまってしまっているし、調整は必要だろう。

大会のために用意してもらった剣に慣れる必要もある。

流石《さすが》に、人間相手に聖剣を振るうのは危険すぎるから。

「……街に着いたら、ギルドで依頼がないか見てみますか」

「んん？　もしかして、ミーム荒野へ行くつもり？」

「いえ、ひょっとしたら荒野から迷い出たモンスターとかいないかなって」

「なるほど、はぐれ狙《ねら》いですか。それならちょうどいいかもしれません」

ポンッと手を打って納得するニノさん。

はぐれというのは、単体で縄張りから迷い出たモンスターのことである。

生存競争に敗れたものがほとんどで、負け癖がついてしまっているのか高ランクでも討伐しやすいとされている。

これらに関する依頼を見つけることができれば、大会前の鍛え直しにはちょうどいいだろう。

万が一、危険な目に遭っても相手が一体なので逃げることぐらいはできるはずだ。

「………あれ？」

「どうしました？」

こうして、向こうに着いてからのことをあれこれと話していると。

不意に御者をしていたクルタさんが、驚いたような声を上げた。

いったい何事かと思って彼女の視線の先を見ると、門の前に長い行列ができている。

馬車が数十台……いや、百台以上はあるだろうか。

これ全部、エルバニアへの入国希望者だろうか？

「こりゃ、ずいぶん待たされそうだな」

「思った以上の人ですね」

「大陸でも最大級の祭りだからな、無理もない。出場者や観客もそうだが、商売をするために来る者も多いからな」

前回も同様の賑《にぎ》わいだったのだろう。

ふうっとため息をつくライザ姉さんの顔は、どこか慣れた様子だ。

しかし参ったな、まだ大会までは時間があるというのにこんなに人がいるなんて。

やっぱり、他の人たちも早めに到着して環境に慣れておくつもりのようだ。

「今日のところは、街に入って宿を取るだけで精いっぱいそうですね」

「むしろ、この調子だと宿は取れるか？」

「あー……」

よほどのことがない限り、どこかしら宿は空いているものである。

これぐらいの大きさの街なら、どこも満室なんてことはめったにない。

けれど、大剣神祭はその「よほどのこと」に該当するようだ。

うーん、ここまできて野宿は流石に避けたいのだけれど……。

ラージャの街を発っておよそ十日、流石にそろそろベッドが恋しくなってくるころだ。

するとここで、姉さんがやれやれと腰を上げる。

「……しょうがないな。宿の手配は私が頼んでやろう」

「頼むって、どこにですか？」

「私を誰《だれ》だと思っている？　この国では少しばかり顔が利くのだ」

得意げに胸を張るライザ姉さん。

結局その日は、姉さんが手配を頼んだ宿に泊まったのであった。

――○●○――

翌朝。

姉さんのおかげで無事に宿を取ることのできた俺たちは、冒険者ギルドを訪れていた。

狙うはミーム荒野から出てきたはぐれモンスターの討伐依頼。

普段より早起きしてきたので、きっといい依頼があるだろう……と思っていたのだが。

「おいおい……。ギルドまで混んでるのか？」

「すごい人出ですね」

「みな、考えることは同じというわけか」

酒場と一体化した奥行きの広いエントランス。

まだ日が昇ったばかりの時間だというのに、そこには剣士らしき者たちが数えきれないほど集っていた。

その物々しい雰囲気からして、恐らくは大剣神祭の出場者たちだろう。

ほぼ全員、歴戦の猛者《もさ》であろうことが姿を見ただけでそれとなくわかる。

「ったく、他の冒険者にとっちゃいい迷惑だな」

「よそから出張してきた私たちが言えた義理じゃないですけどね。さっさと依頼を取っちゃいましょう」

「だな。……げっ⁉」

酒場スペースの奥にある掲示板。

そこにはきれいさっぱり、何も残されていなかった。

この時間に来て依頼が枯れてしまっているって、マジか……。

ラージャではあり得ない事態に、俺たちは思わず言葉を失ってしまった。

基本的に、ギルドに行けば時間が遅くとも何かしらの依頼があるのが当たり前なのである。

まして早朝から来て何もないとは……。

「むむむ……！　流石にこれはひどいなぁ」

あまりの出来事に、呆《あき》れたようにつぶやくクルタさん。

彼女に同調するように、他の冒険者たちも不満を漏《も》らし始める。

次第に彼らはヒートアップしていき、苛立《いらだ》たしげに舌打ちする者まで現れた。

不穏な空気の高まりに、たちまち受付嬢さんが出てきて頭を下げた。

「皆様すいません、この時期はどうしても……」

「そりゃわかるぜ？　大会出場者が集まったせいで依頼が不足することぐらい。けど、限度があるんじゃねえか？」

「ええ、ですが依頼を急に増やすというのも現実的ではなくて」

問い詰める冒険者に、困り顔で対応する受付嬢さん。

彼女の言っていることはもっともで、ギルドの依頼というのは急に増やそうとして増えるものではない。

あくまで需要と供給があってのものなのだ。

そのことを冒険者もわかっているはずなのだが、心情的にどうにも納得がいかないらしい。

やがてぶつぶつ文句を言う彼を見かねて、ロウガさんがポンと肩を叩《たた》く。

「まあまあ、そのぐらいにしろって。依頼がねえのはしょうがないだろ？」

「うーん、だがなぁ……」

「ははは、時には寛容さも重要であるぞ」

「んん？」

不意に後ろから声が聞こえてきた。

振り返ってみれば、背中に大剣を背負った剣士らしき人物が立っている。

年の頃は五十前後といったところであろうか。

白髪《しらが》交じりの長髪を後ろで束《たば》ね、髭《ひげ》を無造作に伸ばしたその姿は歴戦の古強者《ふるつわもの》を思わせる。

身体をすっぽりと覆《おお》い隠すマントも、日に焼けた色合いからしてかなり使い込まれているようだった。

彼は冒険者と受付嬢さんの間に割って入ると、それとなく苛立つ冒険者たちの動きをまあまあと手で制する。

「えっと、あんたは？」

「失敬。それがしはゴダート、そなたたちと同様に依頼を取りそびれてしまった剣士だ」

へえ、俺たちと同じってわけか。

何となく親近感がわいてくるなぁ。

「怒っても腹が減るだけだ。ここはひとつ、穏便に済ませてはどうかな？　なに、依頼を受けられなかった分は博打《ばくち》でスったとでも思えば良かろう」

そう言って、ハハハッと快活に笑うゴダートさん。

その様子に毒気を抜かれたのか、冒険者たちもまた朗らかに笑い始める。

場の雰囲気が一変し、のんびりとした時間が流れ始めた。

ここで遠くから、朝を知らせる鐘の音が聞こえてくる。

「もうこんな時間か。依頼も取れなかったことだし、飯とするかの」

「それなら、せっかくですし俺たちと一緒に食べませんか？」

「ほほう？　それがしは構わぬが、年寄りの話など面白《おもしろ》くないぞ？」

「いやいや、その年まで冒険者をやってるだけで大したもんだよ」

「なんの、ただの老兵よ」

こうして俺たちがギルドを出ると、ちょうど目の前の食堂が開いていた。

恐らく冒険者御用達の店なのだろう、活動の早い人に合わせて早朝営業しているらしい。

さっそく注文すると、次々と山盛りの料理が運ばれてくる。

朝だというのにボリューム満点、やはり冒険者向けのようだ。

「ほう、これは朝からなんとも豪勢なことよ」

「……爺《じい》さん、大丈夫か？」

「何がだ？」

「いや、食いきれるのかって」

ロウガさんがそう言って不安げな顔をすると、ゴダートさんはムッとしたように眉《まゆ》を顰《ひそ》めた。

そして、目の前に置かれた林檎《りんご》を思い切りかじる。

「はっはっは、まだまだ若いもんには負けんわ！　歯もこの通り健康そのものよ！」

「おお、すげえな爺さん！」

「爺さんというのもやめろ。それがしが爺さんなら、そちらもオッサンであろうが」

「ははは、違いねえ！」

まだ出会って間もないというのに、すっかり意気投合した様子のロウガさんとゴダートさん。

競うようにして朝食を食べる二人を見ながら、ニノさんがぽつりと漏らす。

「年長者同士、ずいぶんと気が合うようですね」

「波長がちょっと似てるのかも？」

「……先ほどから私たちの胸をチラチラ見てるあたり、そのようだな」

やれやれと困ったような顔でつぶやくライザ姉さん。

その言葉にクルタさんもうんうんと頷《うなず》く。

俺は気付いていなかったが、そういうところもロウガさんに似ているらしい。

……まあ、男なんてだいたいそんなものかもしれないけれど。

俺も、そういうことに興味が無いわけではないし。

かといって、姉さんの胸を見ることは断じて絶対にないが。

「ロウガ殿も、それがしと同様に大会目当てか？」

「いんや、俺はただの付き添いだ。大会に出るのはそっちのライザとジークだよ」

「この若い二人がか！　……やや、ライザといえば剣聖殿の名では？」

「ああ、一応そうだ」

「おおおおお!!　剣聖殿に会えるとは、それがし感動しましたぞ！」

椅子《いす》から立ち上がり、姉さんに握手を求めるゴダートさん。

その大袈裟《おおげさ》な驚きぶりに、周囲も姉さんのことに気付いたのだろう。

にわかにざわめきが広がり、ひそひそと話す声が聞こえてくる。

「剣聖だって？　マジか、前の大会見てなかったんだよな」

「本物っぽいな。あの赤髪、見覚えがあるぞ」

やがて、ざわつく冒険者の中から一人の男が前に出てきた。

彼は親しみを感じさせる笑みを浮かべると、ライザ姉さんに向かって話しかける。

「もしかして剣聖さまも、依頼を受けそびれたのか？」

「……ああ、その通りだが？」

どことなく馴れ馴れしいその冒険者に、姉さんは少し気だるげに返事をした。

すると機嫌の悪さを察したらしい相手は、腰を低くして話を続ける。

「実は俺たち、狩りの予定を立てていたんですがね。ちょっとばかし人手が足りなくて、誰かを誘おうって話していたところなんですよ。剣聖さまが加われば百人力、いや千人力！　どうかお願いできませんか？」

……あー、姉さんがいれば楽に仕事が終わるとか考えたな？

揉《も》み手《で》をしながら近づいてくる冒険者に、俺はやれやれとため息をついた。

ウィンスターの実家にいた頃も、たまにこの手の輩《やから》が来たんだよな。

いちいち追い返すのが面倒になって、最後の方はシエル姉さんが家の前にゴーレムを置いたんだっけ。

「ちょっと、他人の力を当てにするなんてあんたたち情けなくないの？」

「そうですよ、恥ずかしい」

たちまち、クルタさんとニノさんが非難めいた目を冒険者たちに向けた。

その冷ややかな視線に彼らはたまらずたじろぐが、すぐにあるものを取り出す。

「ま、まあまあ！　そうおっしゃらずに、これを見てくださいよ」

「依頼書？　……んん、Sランク？」

男たちが差し出してきた紙の右上に、大きく記された「S」の文字。

これを目にした途端、クルタさんの表情がにわかに変わった。

彼女は依頼書をひったくるようにして受け取ると、その内容を読み上げる。

「えっと、巨大サンドワームの討伐。エルバニア北東にて巨大サンドワームにキャラバンが襲撃された。敵のさらなる成長を阻止するため、早急に討伐されたし。なお、敵モンスターが非常に大型であるため大人数での作戦を推奨……か」

「なるほど、それで人をそんなに集めているってわけか」

男に続くようにして、ぞろぞろと集まってきた冒険者たち。

彼らを見回しながら、ロウガさんがやれやれとつぶやく。

ざっと見ただけで、二十人以上はいるであろうか。

普通、冒険者パーティといえば四人か五人が基本だ。

これだけの大人数で行動することなど、めったにないのである。

「非常に大型……か。案外面白いかもしれんな」

そう言うと、楽しげに目を細めるライザ姉さん。

戦士の血が騒ぎ始めてしまったらしい。

クルタさんたちも、先ほどまでの不機嫌そうな顔はどこへやら。

未知の巨大モンスターに、心惹《ひ》かれてしまったようだ。

まあ、冒険者ならそういう反応になるのも無理はないか。

「サンドワームというと、でかいミミズのようなモンスターであるな？」

「ええ。その中でもこいつはとびっきりデカい。生き残った者たちの話だと、通常の五倍はあるとか」

「ははは、それはまた大層な怪物だ！」

おいおい、五倍って本当に同じ種族なのか？

それに依頼書には「さらなる成長」とか書いてあるようだし。

ゴダートさんは何やら調子よく笑っているが、全く笑い事ではない。

これ、放っておいたらとんでもないことになるんじゃなかろうか？

巨大ミミズに街が襲われるなんてことになったら、流石に洒落《しゃれ》にならない。

「早く対応した方が良さそうですね」

「そうだね。けど、ワーム種のモンスターって倒してもあんまり美味《おい》しくないんだよねぇ」

「どういうことですか？」

「肉は食べられないし、武具に使えるような部位もなし。おまけに、血液中に弱い毒が含まれているから肥料にしたりすることもできないんだ」

「それ、全身捨てるとこしかないじゃないですか」

俺の言葉に、コクンと頷くクルタさん。

全く困ったモンスターもいたものである。

しかしここで、冒険者たちは不意に笑みを浮かべて言う。

「……ところが、こいつに関しては金になるんですよ」

「んん？」

「こいつが襲ったキャラバンっていうのがね。アダマンド鉱をたーっぷり運搬してたんですよ」

アダマンド鉱といえば、高価な武具の材料として用いられる希少鉱石だ。

そういえば、この辺りが原産地だったっけ。

純度によっては、インゴット一つで数百万もの値が付く代物である。

それがキャラバン一つ分ともなれば……。

「あくまで噂《うわさ》ですがね、時価数億はあるとか」

「億……！　すっげえな！」

「それは確かにやばい話だね」

俄然《がぜん》、みんなもやる気が出てきた。

この場にいる全員で平等に山分けしたとしても、数千万にはなるからなぁ。

さすがにこれほどの金額となると、目の色が変わるのも無理はない。

それだけの元手があれば、俺も宿屋暮らしを卒業して家を買えそうだ。

お金が好きというわけではないが、これはもうやるしかないな。

「俺たちも、参加させてもらいますか」

「ああ、特に反対する理由もない。いい鍛錬にもなるだろう」

「それがしも行かせてもらおう。ちょうど、路銀も心もとなくなっていてな」

「よし、それじゃあ支度《したく》をして昼過ぎに南門へ来てくれ。これだけの狩りとなると、こっちも準備がいろいろと必要なんでな」

そう告げると、代表らしき男がそっと姉さんに向かって手を差し出した。

すると姉さんは、俺の肩をポンと叩いて言う。

「お前が握れ」

「え？」

「このパーティのリーダーはお前だからな」

あれ、そうだったっけ？

しかし、こう言われてしまっては断れない。

俺は驚く冒険者たちの姿に恥ずかしさを覚えながらも、ゆっくりと席を立つ。

「どうも、ジークです。一応、このパーティの代表をやってます」

「俺はエルドリオ、今回のチームのリーダーです。よろしく頼みますよ」

固く手を握り合う俺とエルドリオさん。

こうして俺たちは、巨大サンドワームの討伐へと出かけることになったのであった。


――○●○――


「でっかい……！　なんですか、これ」

その日の昼過ぎ。

南門の前の広場へ行くと、そこには見慣れない馬車らしき何かが止まっていた。

角張った箱のようなそれは、どうやら金属製の板で覆われているようで黒光りしている。

車輪がついていることからして馬車のようだが、肝心の馬が見当たらない。

代わりに、パイプオルガンのお化けのような装置が取り付けられていた。

「こいつは自動車っていう最新のカラクリですよ」

「ああ、エルドリオさん」

俺たちが見慣れない車を観察していると、エルドリオさんが声をかけてきた。

へえ、こいつは自動車っていうのか……。

そういえば、火の魔石で動く車があるとかアエリア姉さんに聞いたことがあるな。

高価な魔石を大量に消費するので、まだほとんど普及はしていないらしいが。

「このカラクリは馬車よりも力があってね。こうやって装甲を張ることもできるのさ」

「それで、今回の狩りのためにわざわざ引っ張り出してきたというわけか」

「ああ。こいつの装甲なら、襲撃されても少しはもつでしょう」

「……それがしには、気休めにしか思えんがな。丸呑《まるの》みにされれば無意味だ」

自動車の車体を叩き、怪訝《けげん》な顔をするゴダートさん。

彼の言う通り、装甲があったところで丸呑みにされてしまえばどうにもならないだろう。

するとエルドリオさんは、わかっていないとばかりに苦笑する。

「荒野には他のモンスターもいますから。全く意味が無いってことはありませんよ。それに、荒野の方はこの時間、日差しが猛烈ですからね。歩きよりはマシですよ」

そう言うと、エルドリオさんは手で庇《ひさし》を作りながら空を見上げた。

北部ということもあり、カラッとしてはいるが日差しは強烈だ。

うっかりしていると熱射病になるかもしれない。

「ふむ、それもそうか」

「もう二台用意しているので、それらが到着したら出発しましょう」

そう言ったところで、独特の音を響かせながら自動車が広場に滑り込んできた。

後方の装置から蒸気が噴き出し、車体全体が低い唸《うな》りを上げている。

ブォンブォンと、何だかずいぶんとうるさい感じだ。

「さっそく来ましたね。さあ、乗り込んでください！」

「どのカラクリに乗ればいいですか？」

「皆さんはそうですね、最後尾でお願いしますよ」

こうして、後方の入り口から車に乗り込む俺たち。

たちまち大きな車体が軽快に走り出す。

その力強い加速は、馬車とは比較にならないほど。

なるほど、荒野を走り回るにはこれ以上のものはないだろう。

前にランドドラゴンにも乗ったことがあるが、スピードではこちらが上回りそうだ。

「こいつはいいな！　俺たちも欲しいぐらいだ！」

「あとで、あのエルドリオって人に売ってもらえないか聞いてみる？」

「買えたとしても、めちゃくちゃ高いと思いますよ」

「アエリアも持っていたはずだが……。五千万ぐらいしたらしいぞ」

ライザ姉さんのつぶやきを聞いて、たちまち意気消沈するロウガさんたち。

あれば間違いなく便利だが、いくら何でもそこまで出すことはできない。

みんなでお金を出し合ったところで、五千万も貯めるには数年かかるだろう。

今回の依頼がうまくいけば、それぐらい入るかもしれないけれど。

「それがしは馬の方が好きだがな。我が愛馬錆風《さびかぜ》は、この車の倍は速く駆けるぞ」

「へえ、そりゃ大した馬だな」

「この地に連れてこられなかったのが、まことに残念であることよ」

よほど気に入っている馬なのか、あれこれと語り始めるゴダートさん。

何でも、故郷を離れる際に船に乗せることができなかったのだとか。

ゴダートさん、もしかして大陸以外の出身なのかな？

俺がそんなことを考えているうちに、車はエルバニアの街を離れて荒野を驀進《ばくしん》する。

「見えてきたな」

「おお、迫力あるなぁ！」

やがて視界の前方にミーム荒野の入り口を示す岩山が現れる。

赤茶けた岩塊は近くで見るといっそう巨大で、押しつぶされるような威圧感があった。

崖の一部が大きく迫り出していて、どうやらそれが圧迫感の原因となっているらしい。

「いかにも、何か出そうな雰囲気である」

岩山を見上げながら、ゴダートさんがつぶやく。

それに同意するように、ライザ姉さんが軽く頷いた。

恐らくはこの辺りがサンドワームの出現ポイントであろう。

嵐《あらし》の前の静けさとでもいうべきだろうか?

風の音すらしないのが、逆に不気味だ。

「始めるぞ!　みんな降りてきてくれ!」

エルドリオさんの声に合わせて、車から次々と降り立つ冒険者たち。

最後に俺たちが降りたのを確認したところで、エルドリオさんはカバンから小さな赤い筒を取り出す。

ちょうど手のひらにすっぽりと収まるほどのそれには、細い紐《ひも》のようなものがついていた。

「あれは……爆弾?」

「ニノさん、知ってるんですか?」

「ええ。シノビが使うものとは少し形が違いますが」

そんな物騒な物、いったい何に使うのだろう?

敵にぶつけるにしたって、いま取り出す必要はなさそうだけど。

思わぬ物体の登場に俺たちがざわついていると、エルドリオさんがパチンッと指を弾いた。

それと同時に爆弾の導火線にポッと火がつく。

「さあ、狩りの始まりだ!　みんな、耳を塞《ふさ》げ!!」

気勢を上げると同時に、エルドリオさんが爆弾を投げた。
放物線を描いた爆弾は、そのまま何もない地面へと落ちていく。
ドォンッと激しい爆音。
耳を塞いでもなお、鼓膜が破れてしまいそうなほどだ。
これはもしかして、サンドワームを釣り出そうとしているのかな？
それにしては、威力がありすぎるような気もするんだけど……。
さっきので、近くの岩がぶっ飛んだぞ。
「エルドリオさん！　ちょっと荒っぽいですよ！」
「すまない、火薬が多すぎたようだ。……お？」
地面が震えた。
幸か不幸か、威力過多だったことですぐに気付かれたらしい。
地面の振動は次第に大きくなっていき、やがて立っていられないほどになる。
「おいおい！　こりゃヤバいんじゃねえか？」
バランスを崩し、地面に膝《ひざ》を突きながらロウガさんがぼやく。
この揺れの大きさ、確かにただ事ではなかった。
俺はすぐさま地面に手をつけると、魔力探知をして敵の様子を探る。
すると――。

「げっ⁉　なんだこれ……！」

想定される敵の大きさに、俺はたまらず目を剝《む》いた。

さながら地面全体が魔力を反射しているかのようである。

いったいどれほど巨大なモンスターならこうなるのか。

まずい、このままここにいると……‼

「みんな逃げて！　丸呑みにされますよ‼」

俺がそう叫んだ瞬間。

荒野がさながら海のように波打ち、恐ろしく大きな影が鎌首をもたげる。

「サンドワーム……⁉」

視界を塞ぐような巨体。

その大きさは、動く山脈とでも形容したくなるほどだった――。

――○●○――

「いそげ、こっちだ‼」

急いで岩山の傍《そば》まで避難すると、ゆっくりと視線を上げる。

――途方もなく大きい。

サンドワームという生物が、本来はどのぐらいの大きさなのか。

俺はあいにく知らなかったが、目の前にいる生物が規格外であることは理解できた。

動くだけで地鳴りがするほどの巨体は、人間どころかドラゴンでも丸呑みにできそうだ。

大人が五人は楽に乗れる車が、こいつと比べるとひどくちっぽけに見える。

今までもいろいろなモンスターと対峙《たいじ》してきたが、サイズだけなら圧倒的だ。

あの恐ろしいヒュドラですら上回ることだろう。

「ひいぃ……！　これ、流石にやばいんじゃないの⁉」

「億がかかってるとはいえ、洒落にならねえぞ！」

「おいエルドリオ、どうなってんだ⁉」

クルタさんが悲鳴を上げるのに合わせて、他の冒険者も次々と声を上げた。

やはり、想定をはるかに超えた怪物であったようだ。

するとここで、騒ぐ冒険者たちを制すようにライザ姉さんが言う。

「うろたえるな！」

これほどの大きさの敵を前にしても、自信に満ち溢《あふ》れたライザ姉さん。

そのよく響く声は、さながら雷鳴のよう。

彼女の威厳ある姿を見て、冒険者たちはにわかに落ち着きを取り戻す。

流石は姉さんだ、あれだけのモンスターを見ても全く怯《ひる》む様子がない。

「ノア、あいつを斬れ」

「えっ⁉　俺が⁉」

「そうだ、何のためにここまで来たと思っている」

そう言うと、ライザ姉さんはひょいっと剣を投げてきた。

あれ、バーグさんからちゃんと試合用の剣は借りてきたんだけどな。

俺は慌てて剣を受け取ると、さっそく鞘《さや》から抜いてみる。

すると――。

「何だこれ⁉　めっちゃ錆《さ》びてる！」

「街の武器屋で買ってきたジャンク品だ。千ゴールドで買えたぞ」

「そんなので勝てるわけないよ！　だいたい、剣ならあるよ！」

「それぐらいしなければ、修行にならん！」

この非常事態でさえ、ライザ姉さんは俺の修行に利用しようとしているらしい。

俺は全力で首を横に振ったが、姉さんは有無を言わせず「やれ」と顎をしゃくった。

最近は穏やかだったライザ姉さんだが、大剣神祭を前にして厳しさが戻ってきたな……。

実家を出る前のことを思い出し、たまらず身震いしてしまう。

「……わかった。クル……わっ⁉」

みんなに声をかけようとしたところで、サンドワームがこちらに向かって動き出した。

まずい、もう時間がないぞ!!

慌ててクルタさんたちに目配せをすると、彼女たちはこちらの意図を察して頷く。

「任せといて、注意はこっちで引くから！」

「アンタらも協力してくれ！　集中攻撃だ！」

「了解だ！　みんな、やるぞ!!」

エルドリオさんの突撃を皮切りに、冒険者たちの一斉攻撃が始まった。

幸い、大きさはともかく防御力はさほどでもないらしい。

冒険者たちの攻撃はサンドワームの分厚い皮膚を抜き、その意識をそらす。

「グオオオオォォッ!!!!」

「かはっ!!」

「ちぃっ！　暴《あば》れ出《だ》しやがった！」

サンドワームの巨体がのたうち、取り付いた冒険者たちを吹き飛ばす。

身体の大きさからすれば、軽く身じろぎしただけだというのに大人が軽々と宙を舞った。

その様子はちょっとした惨劇だ。

しかしその瞬間、サンドワームの注意がすべて彼らに注《そそ》がれるのを俺は見逃さない。

「はあああぁっ!!」

微《かす》かな隙を突き、サンドワームの背中に飛びつき剣を立てた。

切れ味の悪い刃はズズズッと掠《かす》れた音を響かせる。

聖剣どころか、バーグさんから借りた試合用の剣よりもはるかに切れ味が悪い。

――重い！

こうして何とか皮膚を貫くと、たちまちぶよぶよとした肉が刃に絡《から》みついた。

さながら、トリモチの塊にでも剣を刺したかのようだ。

クソ、これじゃ斬るどころか抜くことすらできないぞ……!!

力を込めるあまり、全身が熱を帯びるがそれでもなかなか斬れない。

「力任せになるな！　柔らかいものを斬るときは、流れを見ろ！」

「流れ？　どういうこと？」

「全体を観察すれば、何となく斬れそうな方向が必ずある！　それに従え！」

「何となくって何だよ！」

「何となくは何となくだ！」

出たよ、姉さんの感覚派指導！

そんなこと言われても、何もわかるはずがない。

ううーん、流れか……。

硬い物質を斬るときには、その物の弱い点を見極めて突くのが基本だ。

その応用だとは思うのだけれど、これだけ柔らかいと弱点が常に動いてしまってよくわからない。

「んんん……!!」

「ノア殿、一度思い切り脱力するのだ！　そして、剣を最も振りやすいと感じる方向へ振り抜け！」

ここでゴダートさんが、ライザ姉さんよりはいくらか具体的なアドバイスをしてきた。

俺はその指示に従い、深呼吸をしながら全身の筋肉を落ち着かせる。

――静寂。

暴れるサンドワームの上で、ほんの一瞬だが精神が無になった。

時の流れが、さながら無限に引き延ばされたように感じられる。

その長い時間の中で、俺はゆっくりと剣を動かした。

すると、ほんのわずかにだが感触が違う方向がある。

「ここか……！　おりゃあああっ!!」

剣を動かし始めると、姉さんが流れといった意味がわかった。

弱点が一直線に連なり、流れているような感覚があるのだ。

あれほど重かったはずの刃が、滑るように動き始める。

そして――。

「グギャオアアアアアン!!!!」

「よし……!!」

血を激しく噴き出しながら、傾くサンドワーム。

これに勢いづいた俺は、続けて斬撃を繰り出す。

――流れを見て、逆らわない。

サンドワームの皮膚と硬い肉が、今度はさほど労せず切り裂かれた。

どうにか、流れを見極めるコツを摑《つか》めたようである。

「どりゃあああっ!!」

「ジークに続けぇ!!」

「坊主に負けてられるかよ!!」

俺が作った傷をめがけて、次々と攻撃が打ち込まれた。

一流の冒険者が集められているだけあって、その勢いは凄《すさ》まじい。

傷を抉《えぐ》られたサンドワームは、瞬く間にダメージを蓄積させていく。

そして――。

「はああああぁっ!!」

サンドワームの頭をめがけて、三度斬撃を放つ。

なまくらのはずの剣は、灰色の巨体を軽《かろ》やかに引き裂いた。

ダメージが大きかったのだろう、サンドワームの巨体が痙攣《けいれん》して動きが鈍る。

――今しかない。

そう直感した俺は、今度は斬るのではなく刺すことを意識した。

剣の切っ先が肉をかき分け、巨体の深部にまで達する。

「グオオオオォ……!!」

響き渡る断末魔。

文字通り山ほどもある巨体が、ゆっくりと地面に崩れる。

……どうにか倒せたな。

俺はサンドワームの背中から地面に下りると、額に浮いた汗を拭った。

思った以上に身体には負荷が掛かっていたのだろう。

走り込みを終えた後のように、全身がじんわりと重く脈が速まっている。

「いやぁ、大したものだね！　ほとんど被害がなかったじゃないか！」

驚きもあらわに、エルドリオさんがこちらに近づいてきた。

彼はおっかなびっくりといった様子でサンドワームに触ると、改めて死んでいることを確認する。

「もしかして、君も大剣神祭に参加するのか？」

「一応、そのつもりです」

「参ったな……。まさかこんな伏兵がいたとは」

「こりゃ、出場はやめておくのが正解か？」

あちゃーっとばかりに、頭を手で押さえる冒険者。

他にも、何やら困惑したような声が次々と聞こえてくる。

あれ、せっかくモンスターを倒したというのにどことなく雰囲気が暗いな……？

皆の予想外の反応に俺が戸惑っていると、クルタさんがポンと手を叩いて言う。

「ま、ジークはこういう子だから。いちいち驚いてたらキリがないって」

「ですね、早くアダマンド鉱を取り出しましょう」

「へへ、数億あればこの人数で分けても大儲《おおもう》けだな」

うきうきとした様子で、解体用の道具を取り出すクルタさんたち。

彼女たちの落ち着いた様子を見たせいだろうか、他の冒険者たちもすぐに平静を取り戻した。

俺としては、何となく釈然としないのだけれど……。

まあ、みんなが落ち着いてくれたのならそれに越したことはないか。

「……よし、俺たちも手伝うぞ！」

「時価数億のアダマンド鉱か……楽しみだなぁ！」

「言っておくが、勝手に抜いたりするなよ」

「んなことしねえって！」

勝利の余韻に浸りながら、和気あいあいとした雰囲気で作業を進める俺たち。

しかし、どれだけ腹の中を探してもアダマンド鉱のインゴットは一向に見つからない。

いかにアダマンド鉱が希少な金属とはいえ、数億相当ともなればかなりの量がある。

まさか、俺たちが討伐するまでの間に胃の中で溶けてしまったのだろうか？

アダマンド鉱の塊なんて、そうそう簡単に溶けるはずはないんだけど……。

「見つからぬな。数億相当のインゴットなど、ただの噂だったのではないか？」

「そんなことはない。間違いなく積まれていたはずだ」

「だが、これだけ探しても見つからぬのはちとおかしいであろう」

「……ひょっとすると、事故で食われたことにして誰かが横領したとかかも」

「あー……」

クルタさんの言葉に、俺たちは思わず顔をしかめた。

モンスターや野盗に襲われたことにして、積み荷を横領してしまう者はまれにいる。

数億相当のインゴットなら、欲に目が眩《くら》んでしまったとしてもおかしくはない。

「ここまできてとんでもないオチがついたな」

「仕方あるまい。だがこれだけのモンスターだ、報奨金ぐらいは出るのではないか？」

「わざわざ自動車まで借りているからね。それだと……」

ライザ姉さんの問いかけに対して、すかさず金勘定を始めるエルドリオさん。

たちまち彼の表情が厳しくなり、うーんと困ったように唸り始める。

報奨金が入る程度では、どうにも足が出てしまうらしい。

今回は参加した人数も多かったからなぁ。

「参ったな……」

「まだみんな余裕はありそうですし、いっそ他のモンスターでも狩りますか？」

困った様子のエルドリオさんに、すぐさまそう提案した。

つい先ほど無茶をしたばかりの俺はともかく、他のみんなはまだ割と戦えそうである。

周囲を見渡せば、クルタさんたちがコクンと頷きを返してくる。

「そうだね、ここまできて赤字になるのも困るし」

「ですね。これだけの人数がいれば、かなりの大物でもいけるでしょう」

戦い足りなかったのか、ずいぶんとやる気を見せるニノさん。

クナイをくるくると回してアピールしてくる。

他の冒険者たちも彼女ほどではないが力を余らせているようで、やる気に満ちた表情だ。

「よし、わかった！　じゃあ、予定を変更して……」

こうして、エルドリオさんが皆を連れて移動を始めようとした時だった。

ドスンッと大きな縦揺れが俺たちを襲う。

これは……まさか……⁉

猛烈に嫌な予感がして、背筋を冷たいものが走った。

俺はとっさに魔力探知を行おうとするが、その直後――。

「……む、群れ⁉」

先ほど現れたサンドワーム。

それに匹敵《ひってき》する個体が、次々と頭をもたげる。

「おいおいおい……‼」

山のように巨大なサンドワームが三体。

ちょうど、俺たちを取り囲むようにして出現した。

一体でもあれだけ苦労したというのに、三体もなんて……‼

まだ疲労も残っているし、とてもじゃないけどこんなの勝てないぞ。

予想外の事態に俺たちがたじろいでいると、エルドリオさんが大声で叫ぶ。

「撤退だ！　車に乗り込め‼」

「は、はい！」

「……それが賢明か」

鞘に手を添えた姉さんであったが、いくら何でもこの人数を守りながら戦うことは難しいと判断したのだろう。

剣を抜くことなく車に乗り込み、こっちにこいと手を振った。

俺たちもすぐさま姉さんに続くが、運転手をしていた男が乗り込んでこない。

どうやら、慌てすぎて前の車に乗り込んでしまったようだ。

「は、早く出発しないと！」

「ニノ、早く運転してくれ！」

「できませんよ！　馬とは違うんですから！」

ぶんぶんと首を横に振るニノさん。

馬車の御者をよく務める彼女だが、流石に自動車の運転はわからないらしい。

参ったな、俺もこんな複雑な魔導具を扱うことなんてできやしないぞ……!!

運転席を見てみるが、どこをどう弄《いじ》ればよいのかさっぱりわからない。

魔力の流れを見てみても、何が何やら……。

「あっ！　ちょっと、置いてかないでよ!!」

「おい、待ってくれ！」

ブォンッと力強い爆音が響き、前方に止まっていた車が勢いよく走りだした。

土煙を巻き上げながら、サンドワームたちの合間をすり抜けていく。

俺たちが取り残されていることなど、全くお構いなしといった様子だ。

クルタさんたちが声を張り上げるが、返事すらしない。

「なんてこったよ……。置いてきぼりじゃねーか」

「参りましたね。走っても追いつけませんよ」

「……もしかすると、この事態を予想して自動車にしたのかもしれんな」

「え？　どういうことですか？」

「いざというときに、我らを確実に置き去りにするためだ。そうすれば、自分たちは安全に逃げることができるからな」

真剣な顔で語るゴダートさんの言葉には、嫌に説得力があった。

なるほど、確かにそうかもしれない……。

もしもこれが自動車ではなく馬車だったのならば、最悪でも自分たちの足で走って追いつくこともできただろう。

しかし、速度の速い自動車が相手ではどうしようもなかった。

加えて、もし俺たちが生き残っても意図的に置き去りにしたとは訴えづらい状況だ。

逃げるのに精いっぱいで、俺たちの車のことまで気が回らなかったとでも言えばいい。

「うまくはめられたな。思えば、初対面の連中を信用しすぎたか」

悔しげな顔をして、ドンッと拳《こぶし》を振り下ろすライザ姉さん。

今回に関しては俺も大いに迂闊《うかつ》だった。

こうなったら、多少の無茶は承知でサンドワームを迎え撃つしかないか。

ライザ姉さんと俺が連携すれば、どうにかなるにはなるだろう。

大剣神祭を控えた今の状況で、できれば避けたいところだけれど……。

「……やむを得ん、それがしに任されよ」
そう言うと、急にゴダートさんが車の外へと飛び出した。
そして背中の大剣を抜くと、サンドワームの群れを一瞥《いちべつ》する。
……これは、すごいぞ！
剣気が高まり、見る見るうちに充実していくのがわかった。
実体化した気がゴダートさんの身体からゆらゆらと陽炎《かげろう》のように立ち上る。
これほど濃密な気を放てるのは、今までライザ姉さんぐらいだと思っていた。
だが、そうではなかったようだ。
「たりゃあああああっ‼」
ゴダートさんの身体が、にわかに宙を駆けた。
同時に刃が閃《ひらめ》き、サンドワームの巨体が割れる。
たちまちおぞましいほどの断末魔が響き、ドスンッと地響きがした。
この間、一秒にも満たないほど。
まさしく神速というのが相応《ふさわ》しい神業だ。
あまりに鮮やかな手際に、俺たちは開いた口が塞がらない。
ライザ姉さんも、険しい顔つきをして唸る。
「なかなかやるな」

「マジかよ……!!」

「信じらんない。あんなのどうやって……」

「さあ、今のうちだ！　皆の者、走れ!!」

そう告げると、勢いよく走り始めるゴダートさん。

俺たちも彼の後に続いて、もはや訳もわからぬまま駆け始める。

突然の出来事にサンドワームたちも困惑したのだろうか。

全力で走る俺たちを遠目で見つつも、すぐに襲い掛かってはこなかった。

ひょっとすると、ゴダートさんの戦闘力を恐れたのかもしれない。

「……ひぃ、もう限界……！」

「私も、そろそろ足が……」

こうして、会話もせずにひたすら走り続けることしばらく。

限界に達したらしいクルタさんとニノさんが、揃《そろ》って休憩を求めてきた。

いつの間にか岩山からはかなり離れ、エルバニアの市街地がかなり近くに見える。

ここまでくれば、サンドワームもそうそう追ってはこないだろう。

地面に手をつけて魔力探知をするが、特に何かが近づいているような気配もなかった。

「少し休憩するか」

「だな。にしても、ゴダートの旦那があんなに強かったなんて」

心底驚いたように言うロウガさん。

俺もゴダートさんの実力には、とてもびっくりしている。

武の国エルバニアでの出来事とはいえ、これほどの強者に偶然遭遇するとは思わなかった。

しかし一方で、ライザ姉さんは何やら渋い顔をしている。

「うーむ、どうにも思い出せん。どこかで名を聞いたような気がするのだが……」

「姉さん？」

「……ゴダート殿。そなた、いったい何者だ？」

思い出すのを諦《あきら》めたライザ姉さんは、本人に詰め寄って直接疑問をぶつけた。

するとゴダートさんは一瞬、険しい顔をして逡巡《しゅんじゅん》するような素振りを見せる。

だがすぐに破顔一笑すると、びっくりするほど朗らかな態度で言う。

「それがしの素性など、きっとすぐにわかるであろう。それより、急いで街に戻ろう」

あっけらかんとした顔でそう言われてしまっては、それ以上、追及のしようもなかった。

こうして俺たちはエルバニアを目指して、再び歩きだすのであった。

第三話

夜の来訪者

「……ったく、ひどい目に遭ったぜ」

「ほんと、骨折り損のくたびれ儲《もう》けだよ」

その日の夕方。

無事に街まで帰り着いた俺《おれ》たちは、宿に併設された酒場で大いに愚痴をこぼしていた。

どうやら、エルドリオは前にも似たような事件を起こしていたらしい。

そのおかげで俺たちの訴えはあっさりと受理され、すぐに取り調べが行われることとなった。

ライザ姉さんが剣聖であること、そして俺がAランクであることが幸いしたらしい。

とはいえ、今日の稼ぎはほとんどゼロ。

あれだけ頑張ったというのに成果がないのでは、皆が愚痴をこぼすのも当然だ。

「ま、ノアの修行にはなったのだ。全く無駄だったわけではないだろう」

「とはいってもな。数千万の稼ぎがパアになったんだぜ」

そう言って、ロウガさんは一気にエールを呷《あお》った。

食事を始めてから、既に五杯は飲んでいるだろうか？

顔はとっくに真《ま》っ赤《か》になっていて、呂律《ろれつ》も回らなくなってきている。

「飲み過ぎです。そろそろ控えたらどうですか？」

「これが飲まずにやってられっか……あ」

ここでロウガさんの懐《ふところ》から、パサッと紙が落ちた。

すかさずニノさんがそれを拾い上げると、広げて俺たちに見せてくる。

そのチラシには、ウサミミを着けた谷間の眩《まぶ》しい女性の姿がでかでかと描かれていた。

さながら、胸元《むなもと》に果物でも抱えているかのようである。

クルタさんはそれをニノさんから渡されると、うわーっと口元に手を当てる。

「デカ……私よりありそう」

「まったく、いつの間にこんなものを」

「ほう、巨乳バニー専門……」

「……は、恥ずかしいからそれ以上言うな！」

店名を読み上げようとしたライザ姉さんを、慌てて止めるロウガさん。

流石《さすが》に、人の多い酒場で自分の性癖がバレるのは嫌だったのだろう。

一気に酔いがすっ飛んだらしく、すっかり赤くなっていた顔がもう真《ま》っ青《さお》だ。

「ま、そんなことより問題はあのゴダートという男だな」

ここでライザ姉さんが話題を仕切り直した。

確かに、あの強さはただ者ではない。

俺もゴダートさんについてはいろいろと気になっていた。

あれほどの強さの剣士だ、絶対に有名なはずなんだよな。

「どこかで聞いた覚えがあるのだが……。クルタは何か知らないか？」

「私？」

「ああ。冒険者のことは詳しいだろう？」

「そうだなあ、あれだけ強いなら間違いなくSランクだろうけど……」

うんうんと唸《うな》りながら、ニノさんの方を見やるクルタさん。

するとニノさんはフルフルと首を横に振った。

彼女も全く心当たりがないらしい。

「ロウガはどうですか？」

「俺も知らねえな。そもそも、あんなに強い冒険者がいたら噂《うわさ》になってるはずだぜ」

「ですよねえ……」

こうして、皆で悩むことしばらく。

ふと食堂の時計を見れば、いつの間にかいい時間になっている。

明日もきっと、ギルドは混み合うだろう。

早起きして出かけるには、そろそろ床に就くべきかもしれない。

「とりあえず、考えるのはやめて部屋に戻りますか」

「そうだね。今日はちょっと疲れちゃったし」

ぐるぐると首を回しながら、ゆっくりと席を立つクルタさん。

彼女に続いて、ライザ姉さんもまた移動を始める。

こうして俺たちが揃《そろ》って酒場を出て行こうとした時であった。

不意に、酒場の入り口のスイングドアがバンッと乱暴に押し開かれる。

何事かと振り向けば、フードに身を包んだ小柄な人物が中に入ってきた。

「……何だろう？　いかにもって感じですね」

「ああ、関《かか》わらない方が良さそうだ」

厚手の黒いフードで顔を隠した人物は、ずいぶんと怪しげであった。

よほど後ろめたいことでもあるのか、それとも誰《だれ》かから身を隠しているのか。

いずれにしても、普通の人間ではなさそうである。

嫌な気配がした俺たちは、それとなくフードの人物から距離を取ってさっさと部屋のある二階に上がろうとした。

が、ここでその人物は予想外の行動に出る。

「なっ⁉」

ライザ姉さんを見るや否や、フードの人物はいきなり距離を詰めてきた。

そして懐からパッと何かを差し出してみせる。

俺の位置からではよく見えないが、それはブローチか何かのようだった。

するとそれを見た途端、ライザ姉さんの顔色が変わる。

「馬鹿《ばか》な……！　どうしてここに、ひ……」

「お静かに。ひとまず、あなた方の部屋に案内していただけますか？」

「え、ええ。もちろん」

フードの人物の申し出を、ライザ姉さんは驚くほどあっさりと受け入れてしまった。

え、ええ⁉

こんな怪しい人を部屋に入れちゃうの⁉

俺やクルタさんたちはすぐに抗議しようとしたが、そっと手で制された。

姉さんの顔を見れば、何やら焦《あせ》ったように冷や汗をかいている。

こんな表情をするなんて、ずいぶんと珍しい。

「……行きますか」

ただならぬ様子の姉さんに、俺たちは半ば押し切られてしまった。

姉さんはフードの人物を連れて階段を上ると、そのまま自室へと招き入れる。

そしてすぐさまドアに鍵《かぎ》をかけると、今度は窓から外の様子をうかがい始めた。

こうして入念に周囲の様子を確認したところで、彼女はようやく落ち着いたようにふうっと息を吐く。

「ライザ、いったいどうしたんだ？　さっきから普通じゃないぞ」

「そうだよ。この人、いったい何者なの？　ボクたちにも説明してよ」

「仲間なんですから、隠し事は良くないです」

「……教えてもいいだろうか？」

皆に詰め寄られ、ライザ姉さんは困ったようにフードの人物へと視線を投げた。

すると件《くだん》の人物は、返答をする代わりに厚手のフードをサッと脱ぎ捨てる。

たちまち、豊かな金髪がはらりと広がった。

小柄だとは思っていたが……女の子だったのか。

年の頃は十五、六といったところであろうか。

大きな翡翠《ひすい》の瞳《ひとみ》には、まだいくらか幼さが残っている。

しかし、目鼻立ちはハッキリとしていて将来の美貌を予感させた。

「皆様、初めまして。私はメルリア・ルベル・ド・エルバニア。この国の第一王女です」

「お、王女様⁉」

「いっ⁉　嘘《うそ》だろ……⁉」

驚きのあまり、素っ頓狂《すっとんきょう》な声を出してしまう俺たち。

いったいどうして、王女様がこんなところに来たのだろう？

皆目見当がつかない俺たちは、揃って顔を見合わせる。

「……本当に、王女様なのか？」

「嘘など申しません」

「間違いない。前に一度だけだが、城でお会いしたことがある」

いくらか落ち着いた口調で語るライザ姉さん。

なるほど、それで姉さんはすぐにフードの中身が王女様だとわかったのか。

道理で妙な態度を取っていたわけだ。

「けど、どうして王女様がこんなところに？」

「そうだよ。そもそも、どうしてこの場所がわかったの？」

「ライザ殿が宿の手配を城の方に依頼されましたから」

「ああ、それで……」

姉さん、わざわざ国に依頼をしていたのか。

それなら、王女様が宿の場所を簡単に調べられたわけである。

「お願いします。剣聖ライザ様の力をお借しください！」

そう言うと、メルリア様は縋《すが》るように姉さんの手を握った。

その目はうっすらと潤み、悲痛な感情を訴えてくる。

相当に切羽詰まっているであろうことが、顔を見ただけで察せられた。

これは……もしかすると国の一大事なのかもしれない。

皆ただならぬ気配を察して、自然と緊迫感が漂い始める。

「……まずは落ち着いて。いったい何があったのです？」

メルリア様の肩に手を置き、まずは落ち着くようにと促すライザ姉さん。

彼女に誘導されベッドに腰を下ろしたメルリア様は、すうっと深く息を吸い込む。

そして表情を少し緩めると、ゆっくりと語り始めた。

「私としたことが、焦ってすっかり取り乱してしまいました。えっと、どこからお話ししましょうか……」

「最初からお願いできますか？　この国の事情には、あいにく疎いもので」

「わかりました。先日、王が隠居したことについては流石に皆さんもご存じかと思います。実はその後、王位を巡って兄上と叔父上の間で争いが起きてしまいまして」

「ん？　確か、シュタイン殿下は既に成人なさっていたはずだが」

「ええ、今年で二十二歳になります」

「ならば、シュタイン殿下が王位を継承するということで揉《も》めようがないだろう」

基本的に、この大陸の国々では王位を継承するのは長子と決まっている。

長子がまだ幼い場合やそもそも王に子がいない場合は争いが起こることもあるが、成人した子がいるならば何も問題はないはずだ。

するとメルリア様は困ったようにため息をつく。

「お恥ずかしい話なのですが、兄上は昔から素行が良くなくて……。馴染《なじ》みの娼婦《しょうふ》に子を産ませたという噂まであるのです。それを父上が問題にされて、王位を叔父上に継がせたいと」

「……ありがちな話だな。国が乱れるときはだいたい女絡みだ」

うんうんと頷《うなず》くロウガさん。

彼が言うと、何だか妙に説得力があった。

すかさずクルタさんがツッコミを入れる。

「それ、ロウガが言う？」

「俺は王子でも何でもねーからな、自由にしていいだろ」

「まあそうだけど、ほどほどにしなよ」

「……ええっと、話を戻しますね」

コホンッと咳払《せきばら》いをして、メルリア様は少し緩んだ空気を再び引き締めた。

そして眉間に皺《しわ》を寄せると、先ほどまでよりもさらに深刻な顔で言う。

「王位はひとまず叔父上が継ぐこととなりました。しかし、兄上はどうしても王になることを諦《あきら》めきれなかったのです。今でも王位を簒奪《さんだつ》するべく、裏でいろいろと陰謀を巡らせているようでして……。あのコンロンの連中ともつながりがあるとか」

「コンロンか……。また嫌な名前だ」

コンロンと聞いて、途端に表情を曇《くも》らせるライザ姉さん。

ロウガさんたちもおいおいと嫌そうな顔をした。

コンロンといえば、大陸でも悪名高い武器商人だ。

俺たちも以前、コンロンの被害者であるラーナさんと会ったことがある。

はっきり言って、印象は最悪に近い。

「それで、私にどうしろというのです？　まさか……殿下を討てと？」

大きく息を吸い込み、ライザ姉さんは意を決するように告げた。

すると、流石にそこまでは想定していなかったのだろう。

メルリア様はすぐさま首をブンブンと横に振る。

「そ、そんなことは！　ただ、今回の大剣神祭でどうしても優勝していただきたいのです」

「言われずともするつもりでしたが、またどうして？」

「実は今回の大剣神祭は、兄上が開催を提案したのです。叔父上も私も、当初はこの提案に他意はないと思っていたのですが……。どうにも、そうではないようで」

「ほう？　何か怪しい動きでも？」

「コンロンの伝手《つて》を通じて、国内外から強者を集めているのです。理由はまだわからないのですが、何としてでも自身の手の者を優勝させたいようなのです」

そう言われて、ライザ姉さんは腕組みをして考え込み始めた。

大剣神祭に優勝した場合、いったいどのようなことが起きるのか。

これについて最も詳しいのは、やはり前回優勝者であるライザ姉さんである。

「剣聖を手元に置いて、影響力を得たいのか？　だが、それで王位を狙《ねら》えるとも……」

「……そういえば、前に剣聖が代々受け継ぐ剣があるとか言ってなかった？　ひょっとしてそれを狙ってるとか」

「アロンダイトのことか？　あれはただの象徴のようなもので、剣としての価値はほとんどないぞ。それに、継承する時以外は国が預かっているから自分のものになるわけでもない」

……なるほど、ただのお飾りってわけか。

これがもし、聖剣のようなものなら多少無茶をしてでも手に入れる価値はあるのだけどなぁ。

そういう性質のものであるならば、これの入手が動機になっているとは考えにくい。

「ま、いずれにしても我々が優勝すれば問題ない。コンロンの伝手で呼んだ強者などといっても、たかが知れているだろう」

任せろとばかりに、ドンッと胸を張るライザ姉さん。

もともと、世界中の強者が参加する剣術大会なのである。

王子が伝手を頼って人を送り込んできたところで、大勢《たいせい》に影響はないかもしれない。

が、メルリア様の表情は晴れないままだ。

「それが、兄上は非常に厄介な相手を招集したようなのです。戦争屋ゴダートという男を知っていますか？」

「えっ？　ゴダート⁉」

メルリア様の口から飛び出した思わぬ名前に、俺たちは目を剝《む》く。

「ゴダートって……もしかして……」

「道理で名前に覚えがあったわけだ。すっきりした」

ポンッと手を叩《たた》くライザ姉さん。

やはり、俺たちの知っているゴダートさんで間違いないらしい。

しかし戦争屋とは、ずいぶんとまた物騒な二つ名である。

いったい、彼が何をしたというのだろうか？

一緒に狩りに出かけた時は、まずまずの常識人に見えたんだけどな。

「ゴダートを知っているのですか？」

「ええ、ギルドの依頼で一緒になりまして」

「なんと！　あの男が……」

「あの、ゴダートさんっていったい何者なんですか？」

俺が質問を投げかけると、メルリア様は渋い顔をして言い淀《よど》んだ。

変わって、ライザ姉さんが言う。

「お前たちは、ニルギス戦争のことは知っているな？」

「もちろん。生まれた時からずーっとやってるし」

大陸東部の沿岸地帯。

自然の良港が点在するそこは、アキツやダージェンといった東方諸国との交易で潤う豊かな土地である。

しかし、その豊かさゆえにこの地は様々な戦乱に巻き込まれてきた。

中でも最悪ともいわれるのが、三十年前から続いているニルギス戦争である。

もはや開戦理由すらあやふやとなってしまったこの戦争は、三つの国を巻き込み完全に泥沼化していた。

「この戦争で活躍したのがゴダートだ。次から次へと雇い主を変え、合わせて一万もの兵を斬ったとか。一時は、こいつを雇った陣営が勝つとまでいわれたそうだぞ」

「それで、戦争屋ってわけですか」

「ああ。そのあまりの強さゆえに、ゴダートを何とかしてくれという依頼が私に来たことがあってな。それで聞き覚えがあった」

それほどの人物ならば、姉さんに討伐依頼が来るのも無理はないだろう。

剣聖ともなれば、万軍にも勝るほどの戦力なのだから。

しかし、姉さんはやれやれと手を上げて言う。

「もちろん、そんな依頼は断ったがな。だが、聞くところによると相当に恐ろしい男ではあるようだ」

「そんなとんでもない人、どうやって呼んだんでしょうね……」

「ゴダートは金に転ぶ男ですから。恐らく、兄上はかなりの大金を積んだのでしょう」

なるほど、国王になることができればいくら金がかかっても元は取れるということか。

いずれにしても、厄介な人物が来てしまったものである。

サンドワームの巨体を一撃で切り捨てたあの強さ。

ライザ姉さんであっても、油断すれば負けてしまうかもしれない。

「大剣神祭は、時に死者が出ることもある危険な大会です。ですがなにとぞ、ゴダートを倒して兄上の野望を阻止してください！　今の兄上は以前にもまして嫌な気配がするのです！」

そう言うと、メルリア様は悲痛な面持ちで姉さんの手を握り締めた。

そしてその手に額をこすりつけ、そのまま姉さんに縋りつく。

「おやめください！　王女ともあろうお方が……」

「身分など関係ありません。ライザ様の他に頼れる者はいないのですから」

「わかりました、大会に優勝するとお約束しましょう。ただし……」

そう言うと、姉さんは不意に俺の方を見た。

そしてニヤッと悪戯《いたずら》っぽく笑みを浮かべると、俺の肩にポンッと手を置く。

「もしかすると、優勝するのはこのノアかもしれません」

「や、やめてよ姉さん！　俺が姉さんに勝って優勝なんてできるわけないだろう？」

「あの、こちらの方は？」

「私の弟のノアです。今はゆえあって、ジークとも呼ばれていますが」

「おお！　剣聖さまの弟君でしたか！」

そう聞いて、パァッと目を輝かせるメルリア様。

ぐぐ、純真な視線がものすごく眩しい……！

俺なんて、あくまで修行目的に参加するだけで優勝なんて全然目指していないのに。

他の参加者はともかく、ライザ姉さんに勝つなんて不可能だからな。

「あはは……頑張ります……」

「まぁ、本命はやはり私だがな」

「ちょっと姉さん、どっちなのさ！」

「別にどちらでもいいではないか。それに、最初から負けるつもりで大会に出るのも不健全だろう。こういうものはな、勝つぞという気概が大事なのだ！」

　拳《こぶし》を振り上げ、熱っぽく語るライザ姉さん。

確かに、姉さんの言うことにも一理ある。

初めから負けるつもりでやっていては、成長するものもしないだろう。

とはいえ、ライザ姉さんに勝つ自信があるかというとまた別の話になってくるのだが。

前にも一度戦ったが、いろいろな手を使っても一撃入れるので精いっぱいだったからなぁ。いまだに姉さんに勝てるイメージは湧いてこない。

「とにかく、兄上の手の者を勝たせることだけは阻止しなければなりません。主催者側の人間である私が、特定の参加者を贔屓《ひいき》するのはあまり良くないのですが……。どうか、どうかお願いしますね」

「言われずともそのつもりです」

「大会に向けて訓練したいということであれば、必要に応じて騎士などもお貸ししましょう。では、そろそろ失礼いたします」

そう言うと、メルリア様は懐からブローチを取り出してライザ姉さんへと手渡した。

先ほど姉さんに見せたものと同じである。

「こんな大事なものを……良いのですか？」

「ええ。また私と連絡を取る必要がある際は、これを城の者に見せてください」

再びフードで顔を隠し、周囲の様子をうかがいながら部屋を出ていくメルリア様。

彼女の足音が聞こえなくなったところで、俺はやれやれと肩をすくめる。

「何だか大変なことに巻き込まれちゃいましたね」

「なに、目指すところは変わらんさ」

「けど、あのゴダートって男は相当ヤバいと思うよ。勝てるかな？」

「私を信じられないというのか？」

「ライザじゃなくて、ジークの話だよ。もし当たったら、ちょっと心配かも」

俺の顔を見ながら、不安げに目を細めるクルタさん。

彼女の言う通り、姉さんはともかく俺はゴダートに勝てるか怪しいな……。

大剣神祭は死者が出ることもある大会である。

万が一当たってしまったら、降参するのも手かもしれない。

「ここまで来てしまった以上、なるようにしかならん。言っておくが、途中で棄権したりしたら許さんぞ」

俺の思惑を察してか、ライザ姉さんが即座に釘を刺してきた。

こりゃ、思っていた以上に大変な大会になりそうだ……！

俺は闘技場でゴダートと対峙《たいじ》する姿を思い浮かべて、冷や汗をかくのだった。

閑話

シュタインという男

エルバニアの市街地をぐるりと囲む巨大な外壁。

モンスターの襲撃を受けやすいことから、この付近は地価が安くスラム街のような様相を呈していた。

その一角にあるうらぶれた雰囲気の酒場。

そこで、二人の男がちびりちびりと安酒を酌み交わしていた。

ゴダートとエルドリオである。

「……それで、力の見極めはできたんですか？」

「おおよそは。やはりあの女、相当に厄介そうだ」

「下見をして良かったっすね。群れなんて出たおかげで、金も手間もかかりましたけど」

サンドワームに破壊された自動車のことを思いながら、やれやれとつぶやくエルドリオ。

この分の賠償金だけで、軽く数千万ゴールドは支払わねばならないだろう。

加えて、便利に使うことのできる表の身分まで彼は失ってしまった。

再び偽名で冒険者になるにしても、ランクを上げるには時間も手間もかかる。

「気にするな。どうせすべて経費で落ちるのだろう?」

「まあそうですけどね。金をどれだけかけてもいいなんて、あの王子も剛毅《ごうき》なもんです」

「それだけ、王位に執着しているということだ。それがしたちにとってはいいお客だがな」

そう言うと、ゴダートは店主に再び酒を注文した。

出された蒸留酒を、彼は豪快にラッパ飲みしてしまう。

その常識外れの飲みっぷりに、エルドリオはやれやれと困った顔をする。

「ったく、旦那もほどほどにした方がいいですよ?　もう年なんだから」

「はっ、そんなもん関係ない。むしろそれがしは今が全盛期よ」

「ま、腕前的にはそうなんでしょうが……。健康の方はねえ」

「そちらも問題ない。死んだらそれまでよ」

「相変わらず、刹那的ですねえ」

呆《あき》れかえるエルドリオに、わかってないなとばかりに肩をすくめるゴダート。

彼が再び酒を注文したところで、酒場に若い男が入ってきた。

年の頃は二十過ぎといったところであろうか。

仕立ての良い服を着て、護衛を引き連れたその姿はおよそ場末の酒場には似つかわしくない。

だが彼は、勝手知ったる様子でそのままゴダートの隣へと座った。

「これはこれは、まさかこんなところでお会いするとは」

「たまたま、この辺りまで来たものでね。様子を見にきたのだよ」

「……また悪所通いですか、殿下」

エルドリオの問いかけに、否定も肯定もしない男。

彼こそが、この国の第一王子であるシュタインであった。

素行を問題視されて王になれなかったというのに、いまだ生活態度を改めてはいないらしい。

彼の羽織っているマントからは、ほんのりと女物の香水の香りがした。

大方、馴染《なじ》みの娼婦《しょうふ》にでも会いに行っていたのだろう。

「英雄は色を好むといいますがな、ほどほどになさってくだされよ」

「わかっている、もう叔父上にバレるようなヘマはしないさ。それより、そっちはどうなんだ？」

「有力者の調査はだいたい終わった。問題はない」

「流石《さすが》、高い金を出しただけのことはある」

ゴダートの返答に、満足げに笑みを浮かべるシュタイン。

彼がそっと手を上げると、護衛の男がうやうやしく一本のワインを差し出した。

「酒は好きだろう？　ダームの二十年物だ、お前たちでは拝むことすらできない代物だぞ」

「おぉ……!!」

シュタインの言葉を聞いて、エルドリオはたちまち目を輝かせた。

ダーム産のワインといえば貴族も愛飲する最高級品。

しかも二十年物となれば、金を積んでもそうそう手に入るものではない。

拝むことすらできないというのも、あながち大袈裟《おおげさ》な話ではなかった。

「…………へへへ、こりゃあいい」

極上の風味を想像し、緩んだ笑みを浮かべるエルドリオ。

その目の前で、トクトクと音を響かせながらワインが注《そそ》がれる。

蠱惑的《こわくてき》に揺れる深紅の液体は、照明を反射してさながら宝石のように美しい。

だがしかし、それをゴダートの手が払い飛ばした。

ガラスが砕け、パシャンッと硬質な音が響く。

「なっ！　いったい何のつもりだ！」

「あいにく、それがしは施しは受けない主義なのでな」

「コンロンの犬ごときが生意気な！　私を誰《だれ》だと思っている！」

激高したシュタインは、そのままゴダートの胸ぐらを摑《つか》んだ。

そして力任せに立たせようとするが、ゴダートは微動だにしない。

さながら山を摑んだかのような重すぎる感触に、シュタインはますます顔を赤くする。

「私を舐《な》めているのか？　貴様、今すぐ首にしてやる！」

「ほう？　では、それがし以外に剣士の当てはあるので？」

「ぐっ……!!」

大剣神祭で優勝の見込める剣士など、大陸中を探しても数名いるかどうか。

ひょっとすると、ゴダート以外にいないかもしれなかった。

ここで彼に逃げられてしまっては、これまで練ってきた計画がすべて水の泡になる。

シュタインは大きく息を吸い込むと、必死で怒りの感情を抑え込む。

「フーッ、フーッ……！　わかった、特別に水に流してやろう！　だが、必ず勝つのだぞ！　もし勝てなかったら、お前を不敬罪で即刻処刑してやる!!」

「そう心配なさらずとも、それがしはあいにく負けたことがござらん」

どこか含みのある笑みを浮かべたゴダートを見て、シュタインはフンッと鼻を鳴らした。

そしてそのまま背を向けると、さっさと酒場を出ていく。

こうして彼らの姿が見えなくなったところで、エルドリオはほっと胸を撫《な》で下ろした。

「ったく、旦那も無茶しますねえ。せっかくの酒も台無しにしちゃって」

「ふん、ああやって飲まされる酒ほどまずいものはないわい」

「しかしあの王子、どうしてあそこまで優勝したいんですかね？」

必死に怒りを堪《こら》えるシュタインの顔を思い出しながら、エルドリオは不思議そうにつぶやいた。

なぜ大剣神祭で優勝する必要があるのか、二人はまだ聞かされていなかったのである。

するとゴダートは、何やら確信めいた口調で言う。

「あの男、驚くほどに小物だ。恐らくはもっと上がいる」

「王子より上、ですか?」

「ああ。もっとも、それがしは報酬さえ貰えれば構わぬがな。いや、満足のいく戦いができれば十分か」

「戦い、ですか」

「ああ。血湧き肉躍るような、な」

そうつぶやくゴダートの目は、鋭い光に満ちていた。

第四話

予選開始！

「……とうとう迎えちゃいましたね、予選」

エルバニアにやって来てから、あっという間に一週間ほどが過ぎた。

早めに現地入りしたというのに、もう大剣神祭の予選が始まる日である。

メルリア様がやってきた夜以降、ずっとライザ姉さんの手を借りていろいろと訓練はしてきたけれど……。

果たして俺《おれ》の実力は本当に通用するのか、緊張して身体が震えてきてしまう。

ゴダートやライザ姉さんに勝てるかはもちろんのこと、まずは本選に出られるかどうかが勝負だ。

「大丈夫？　顔色悪いよ？」

「緊張してきちゃって。あはははは……」

「そんなに思いつめなくても、予選は大丈夫でしょ」

あっけらかんとした様子で、笑いかけてくるクルタさん。

彼女は俺を勇気付けるように、パシパシと軽く肩を叩《たた》いてくる。

それに同調するように、ロウガさんやニノさんも笑みを浮かべた。

「本選までは大丈夫だろ」

「そうですか？　だって、大剣神祭ですよ？」

「心配しすぎだろう。だいたい、今日までライザと猛特訓したんだろ？」

「ええ、まあ」

「ならいけるいける」

朗らかに笑うロウガさん。

確かに俺は、大剣神祭に備えて久々に姉さんと猛烈な特訓をした。

予定ではギルドの依頼で身体を動かしておくつもりだったが、それでは足りないと姉さんが判断したのだ。

必ず勝つ必要が出てきた以上、手加減するわけにはいかなかったのだろう。

それはもう、思い出すだけで冷や汗が出るほど苛烈な特訓であった。

とはいえ、限られた期間の特訓でどれだけ力がついたのか……。

ライザ姉さんはだいぶマシになったと言っていたが、いまいち自信がない。

「……おぉ、ここが闘技場か」

「すごい迫力ですね。何人ぐらい入れるのでしょう？」

「えっと、観光ガイドによると一万人は入れるって」

「それ、ラージャの人口より多くねえか？」

「流石《さすが》にもっといるんじゃない、この街大きいし」

やがて闘技場の前にたどり着いた俺たちは、その大きさに圧倒された。

アーチ橋のような構造が無数に重なり、巨大な円形の建物を形成している。

視界のすべてを埋め尽くすそれは、さながら天に向かって聳《そび》える壁のようだった。

さらに風化した柱からは、どっしりとした歴史の重みも感じられる。

「ええっと、受付は……あっちかな？」

選手登録を済ませるべく、受付を探す俺たち。

あいにく、場所を知っているであろうライザ姉さんはついて来ていない。

現役《げんえき》の剣聖ということで、大会期間中はレセプションなどいろいろあって忙しいのだ。

当然ながら予選も免除されていて、本選からの出場となるらしい。

「もしかして出場選手の方ですか？」

「はい、そうです！」

きょろきょろと周囲を見渡す俺たちに、職員さんの方が先に気付いた。

声をかけられた俺たちは、急いでカウンターへと向かう。

すると職員さんは、すぐさまロウガさんにペンを差し出した。

「どうぞ」

「ああ、俺じゃないんだよ。こっちだ」

「すいません、これは失礼しました」

申し訳なさそうに頭を下げると、すぐにこちらにペンを差し出す職員さん。

まあ、ロウガさんの方が年上だし体格もいいからな。

俺は特に気にすることなくさらさらさらっと記入を済ませた。

しかしここで、後ろから何やら騒がしい声が聞こえてくる。

「おいおい、こんなガキが大剣神祭に参加するのか？」

「大剣神祭のレベルも下がったもんだぜ」

振り返れば、二人組の男がこちらを見て囃《はや》し立てていた。

うわぁ、どっちも厳《いか》つい体型だな……！

見上げるような背丈に広い肩幅、そして何よりも自己主張の激しい筋肉。

特に分厚い胸板は、意味もなくピクピクと動いている。

「……あの、あなた方は？」

「俺たちを知らないのか？　山塊のザリトラ兄弟といったら、有名だろうに」

「げ、ザリトラ……」

「ロウガさん知ってるの？」

「ああ。元はAランク冒険者だったんだが、喧嘩《けんか》で人を殺しちまって除名された曰《いわ》く付きだ」

……なるほど、道理でずいぶんと攻撃的なわけである。

もしかして、こいつらもコンロンの伝手《つて》でシュタイン殿下が雇ったのだろうか？

その態度の横柄さは、荒っぽい剣士たちの中でも一段と浮いていた。

「帰れ。この大会は剣聖を決める大会なんだぞ、お前らのような連中は相応《ふさわ》しくない」

「はっ！　この大会は強けりゃ誰《だれ》だって出場していいんだ。強さこそが正義なんだよ！」

「そっちこそ、そんなひょろいガキはお呼びじゃねえってんだ」

そう言うと、ザリトラ兄弟はずかずかと俺に近づいて来た。

そしていきなり、ドンッと手で肩を突き飛ばしてくる。

突然のことにバランスを崩した俺は、危うく尻《しり》もちをつきそうになった。

「ははははっ！　悔しかったらやり返してみな！」

「ちょっと、いい加減に……！」

「クルタさん！」

前に出ようとしたクルタさんを、俺は慌てて手で制した。

こんなところで喧嘩なんてしてたら、下手をすればつまみ出されてしまう。

そうでなくとも、予選直前に揉《も》め事を起こしたら剣聖の身内として恥ずかしい。

「ふん、つまらねーな。まあいい、行こうぜ兄者」

「おう」

俺たちが挑発に乗らないことを察すると、ザリトラ兄弟はつまらなさそうな顔をして去っていった。

その背中を見ながら、クルタさんは悔しげに地団太を踏む。

ある意味、俺以上に腹が立っているようだった。

まあ、こちらもちょっとイライラはしているけれど。

「まったく、腹の立つ奴《やつ》ら！　ジーク、あいつらボコボコにしちゃってよ！」

「ええ、全力でやります」

「……油断はするなよ。振る舞いは三下そのものだが、実力は確かだ。それに、あいつらは手段も選ばないだろうからな」

「わかってます」

ロウガさんの言葉に頷いたところで、再び職員さんが話しかけてきた。

こうして俺たちは彼女の案内に従って、控室へと移動するのだった。


――○●○――


満員御礼の観客席にて。

クルタとニノたちは最前列付近に席を取り、予選開始を今か今かと待ちわびていた。

ここで、買い出しに出かけていたロウガがようやく戻ってくる。

「わりぃわりぃ、弁当買ってたら遅くなっちまった！」

「遅いよ！　もう始まっちゃう！」

「ほらよ、闘技場名物のコロシアムパンだ」

「デカッ！　どうやって食べるのこれ？」

闘技場を模したらしき円形をした大きなパン。

人の顔ほどもあるそれを渡されて、クルタは少し戸惑ってしまった。

するとロウガは手本を見せるように、パンにガブリとかぶりつく。

たちまち中のチーズが伸びて、食欲をそそる香りが周囲を漂う。

「なるほどね。んんっ、おいしい！」

「いけますね、お姉さま」

三人揃《そろ》って、同じパンを丸かじりにするロウガたち。

ビヨンッとチーズを伸ばしたその姿は、何とも微笑《ほほえ》ましかった。

するとここで、闘技場の中心にある舞台に司会らしき男が登ってくる。

「さあさあ、皆様お待たせしました!!　大剣神祭予選第一ブロックが間もなくです!!」

威勢のいい声が、魔導具を通じて会場全体に広がった。

たちまち客席は沸騰し、そこかしこから声が上がる。

中には待ってましたとばかりに席を立ち、拳《こぶし》を突き上げる者までいた。

「それでは、選手たちの入場です!!」

入場口を、勢いよく手で差し示す司会者。

それと同時に、出場選手たちが一列になって現れる。

大陸中から集まった猛者《もさ》たちだけあって、皆、精悍《せいかん》な顔つきをしていた。

年齢や性別、体型、人種に至るまですべてがバラバラだが、全員が強者であることが見ただけでわかる。

「見て、ジークだよ！　おーーい!!」

「がんばれよー!!」

やがて列の最後尾付近にジークの姿を見つけたクルタたちは、立ち上がって大きく手を振った。

その姿に気付いたジークもまた、軽く手を振り返す。

しかしそんな彼の背中に、すぐ後ろを歩いていたザリトラ兄弟がぶつかった。

たちまちジークは前のめりとなり、危うく倒れそうになる。

「あっ！　今の明らかにわざとだよ！」

「こんなとこまで……徹底してやがるな」

「最低ですね」

あからさまなやり方に、顔をしかめるクルタたち。

しかし、ザリトラ兄弟はそんなことお構いなしとばかりに勝ち誇った表情をする。

中にはそのヒールぶりが気に入った観客もいたのだろう。

客席の一部から歓声が上がり、クルタたちはますます不機嫌になった。

「むむむ……！」

「気にするなって。それより、始まるぞ」

石畳の敷かれた四角形の舞台。

選手たちは二列にわかれると、その両端に向かい合うようにして並んだ。

司会者は選手たちの列のちょうど中央付近に立つと、いっそう声を張り上げる。

「まずはルールの説明から！　今回の大剣神祭予選はブロックごとのバトルロワイヤル形式です！　この場にいる全選手が一斉に戦い、最後に残った一名のみが栄えある本選へと駒を進めることになります！」

それだけ告げると、司会者の男は手にした筒状の魔導具をクルクルッと回転させた。

そしてそれを宙に放り投げると、サッと一回転してキャッチする。

大剣神祭の司会を務めるだけあって、何とも気合の入ったパフォーマンスだ。

「それでは、試合開始！」

舞台から飛び降り、すぐに距離を取る司会者。

それと同時に選手たちは次々と武器を抜いた。

一触即発。

張り詰めた空気がその場に満ちて、観客たちも固唾《かたず》を呑《の》む。

「さあて、誰を血祭りにしてやろうか！」

最初に動いたのがザリトラ兄弟であった。

彼らの手に握られた剣からは、ゆらゆらと黒い瘴気《しょうき》が立ち上っている。

明らかに尋常な剣ではなく、魔剣の類《たぐい》であった。

「おおっと!!　ザリトラ兄弟、あの武器は何でしょうか⁉」

異変を察知した司会者が、すかさず魔導具を手に煽《あお》る。

するとそれに応じるように、兄の方が剣を高く掲げた。

剣から発せられる瘴気がにわかに濃さを増し、渦を巻き始める。

「……やっぱりあいつら、コンロンとつながってやがった！　あの武器はやべえぞ！」

「まずいですね……!!」

寒気がするほどの存在感。

その感覚は、かつてラーナの振るっていた魔剣によく似ていた。

クルタたちの顔がたちまち強張り、揃って前のめりになる。

ジークといえども、あの魔剣が相手では万が一のことがあるかもしれない。

さらに悪いことに、いま彼が手にしているのは聖剣ではなくバーグの用意した訓練用の剣であった。

聖剣は人に向かって振るうには危険すぎると、自主的に大会での使用を禁止していたのだ。

「ジーク……!!」

顔の前で手を組み、祈りを捧《ささ》げるクルタ。

さほど信仰深いわけではない彼女であったが、この時ばかりは必死であった。

だが次の瞬間、さらにジークを追い詰めるかのように舞台からザリトラ兄弟の怒号が響く。

「まずはお前からだ！　行くぞ弟者、俺たちに逆らったことを後悔させてやる！」

「おうよ!!　この予選、兄者の勝ち抜けだぁ！」

ジークに向かって走り出したザリトラ兄。

それを援護するように、弟が近くにいた選手を突き飛ばした。

彼らとジークとの間の距離が、刹那のうちに詰まる。

しかし――。

「ぐおはっっ!!」

ザリトラ兄の身体が、くの字に折れて吹き飛んだ。

彼は進路上にいた弟も巻き込み、そのまま客席と舞台を隔てる壁に衝突する。

大気を突き抜ける轟音《ごうおん》、地を揺らす衝撃。

分厚い石壁が大きく凹《へこ》み、一部が粉砕された。

——たった一撃。

その呆気《あっけ》なさすぎる結末に観客の誰もが唖然《あぜん》とする。

「……すごい、すごすぎるぞ!!　彼はいったい何者だあああ!!」

やがて、魔導具を振り上げて吠《ほ》える司会者。

その声に合わせるように、闘技場全体が大きくどよめくのだった。


——○●○——


「ははは!　流石だったな、ジーク!」

予選を終えた俺が客席に戻ると、ロウガさんがご機嫌な顔で笑いかけてきた。

既に酒でも飲んでいたのだろうか?

その頬《ほお》はほんのりと赤く、いつもよりテンションが高い。

まだ予選なのだから、祝杯を上げるにはちょっと気が早いのではなかろうか。

「ロウガ、もう三杯も飲んでるのよ」

「売り子さんが可愛《かわい》いからって、どんどん買っちゃって」

「なるほど、それで」

「いいじゃねえか。ジークも気持ちよく勝ったんだしよ」

結局、予選第一ブロックは俺の勝ち抜けだった。

ザリトラ兄弟を吹き飛ばした直後、他の選手たちが軒並み棄権してしまったのである。

あの兄弟、見た目はいろいろと派手だったけど実力は別に大したことなかったのになぁ……。

あいつらを倒したぐらいで、戦意喪失することなんて別にないだろうに。

ちょっと不思議だが、まあ損をするわけではないので良しとしておこう。

「さあ、続いては第五ブロックです！」

「おっと、次が始まるみたいだよ！」

俺はすぐさま椅子《いす》に腰を下ろすと、舞台の方に注目した。

誰が本選まで残るか、今のうちからしっかり見ておかなければ。

そうしていると、司会者がとある選手の紹介を始める。

「この第五ブロックには、何と前回準優勝のアルザロフ選手が参加しています！」

「へえ、準優勝……。なかなか強そうだね」

「ジーク、ライザから何か聞いてませんか？」

「いえ、アルザロフという人については何も」

ニノさんからの問いかけに、俺はフルフルと首を横に振った。

前回の有力参加者については、姉さんからいろいろと注意を受けていた。

だが、アルザロフという人物については特に何も聞かされていなかったのだ。

準優勝なら、相当な実力者のはずなんだけど……。

「男にしては細身だね。速度が売りかな？」

「そんな感じだな。だが、けっこう筋肉はあるみたいだぞ」

二十代後半ほどに見えるアルザロフ。

その肉体は細く引き締まり、よく鍛えられているのが見て取れた。

顔は彫りが深く整っていて、野性的な魅力に満ちている。

いったい、どんな戦い方をするのだろう？

アルザロフの姿を見ながらああだこうだと思案していると、不意に彼は司会者の前へと出た。

そしていきなり、司会者の手にしていた魔導具をひったくる。

「ああ、ちょっと!? 困りますよ！」

「えー、皆さん！ 私は今度こそ、この大剣神祭に優勝することを誓おう！ そして、それを成し遂げた暁にはライザ殿と結婚する!!」

…………はい？

あまりに予想外の宣言に、俺は思考停止してしまいそうになった。

ふざけて言っているのかと思ったが、アルザロフの顔は至って真剣そのもの。

あのまっすぐな目は、間違いなく本気だ。

おいおい、どういう経緯かは知らないがあの姉さんに惚《ほ》れたのか⁉

そりゃ、見た目は整っているけれど中身は……。

ああもう、それで姉さんはアルザロフのことを言わなかったのかよ！

「え、ええ……ええ……」

「だ、大丈夫かジーク？」

「なんとか……」

「気はしっかりと持てよ」

俺の心中を察したのか、生暖かい目をするみんな。

頭を殴りつけられたような衝撃にクラクラとしながらも、俺はどうにか返事をする。

ただでさえゴダートやシュタイン殿下のことで頭がいっぱいだというのに、こんな人が現れるなんて想定外もいいところである。

姉さんと結婚ということは、俺の義兄になるということか？

う、うーーん……さすがにそれは……。

アルザロフに恨みがあるわけではないが、いきなり義兄ができても困る。

「ま、優勝させなきゃいいんだよ。いざとなれば、ライザもいるんだしさ」

「そうですけど……」

ああいうタイプって、意外と強かったりするんだよなぁ。

仮にも前大会準優勝だし、ひょっとしてひょっとするんじゃ……。

俺が変な想像をしていると、アルザロフは凄《すさ》まじい勢いで他の選手たちを倒していく。

「これはすごい！　流石は前回の準優勝者であります！　圧倒的、圧倒的だぁ!!」

あっという間に、アルザロフ以外の選手がいなくなってしまった。

いろいろとおかしな点はあるが、実力は間違いなく本物だ。

動きに全く無駄がなく、俺でも目でとらえるのがやっとであった。

クルタさんたちはよく見えなかったのか、パチパチと瞬《まばた》きをして目を擦《こす》る。

「あれ、もう終わった？」

「……こりゃ、案外あいつがジークの兄貴になっちまうかもな」

「だね、十分ありそう」

「変なこと言わないでくださいよ！」

からかうロウガさんに、俺はちょっとばかり本気で反論してしまった。

そうしているうちに、予選第五ブロックが終わって第六ブロックが始まる。

「さあ、予選も残すところあと二ブロック！　第六ブロックの選手入場です!!」

大歓声を浴びながら、入場する選手たち。

第五ブロックが早々に決着したこともあってか、観客たちの熱気は高まっていた。

するとここで、入場してきた選手たちの最後尾にゴダートの姿を発見する。

「いよいよあいつの出番か……」

「どんな戦いをするか、見ものですね」

「ええ。ちょっと緊張してきたな」

自分が戦うわけでもないのに、緊張してしまう俺。

戦争屋と呼ばれる男は、果たしてどのような戦いぶりを見せるのだろう？

こうしていると、司会者が勢いよく魔導具を振り上げた。

「全員、舞台に上がりましたね？　では、試合開始です‼」

司会者の合図とともに、剣を抜く選手たち。

歓声が沸き上がり、闘技場は熱気に包まれた。

先ほどの試合があっけなくアルザロフの勝利に終わったせいもあるのだろう。

激しい試合を求めて、観客たちは声を張り上げる。

「やっちまえー、ガイドン‼」

「スペード、俺はお前に十万も賭《か》けてるんだからな‼」

中でも特に、試合に金を賭けているらしい男たちの声はもはや怒号と化していた。

あまりの迫力に、聞いているだけで萎縮してしまいそうだ。

しかし、盛り上がる客席とは対照的に試合の流れは平静そのもの。

選手たちは武器を構えたまま、不気味なほどに動かない。

さながら、凍り付いてしまったかのようだ。

「……これはどうしたことでしょう！　見合ったまま、誰も動きません‼」

一向に動きを見せない選手たちに、やがて司会者も異変を察知した。

彼は声を張り上げて選手たちを煽るが、それでもなお誰も動かない。

焦《じ》れた観客たちも彼に合わせて声を上げ、中には物を投げる者までいたが動きはなかった。

「動かないんじゃない。動けないんだよ」

苛立《いらだ》つ観客たちの一方、クルタさんが青い顔をしながらつぶやいた。

その額には大粒の汗が浮き、息も荒くなっている。

ロウガさんとニノさんもまた、クルタさんほどではないが険しい顔をしていた。

周囲を見渡せば、他にも冒険者らしき人たちが俺たちと同様に引《ひ》き攣《つ》った表情をしている。

……彼らもまた、感じ取っているのだろう。

離れていても伝わってくる、身体が震えるほどの殺気を。

「……凄《すご》い気迫ですね」

「うん、こんなのはボクも初めてだよ」

「お姉さま……」

気配に耐えかねたのか、ニノさんがそっとクルタさんの袖《そで》を摑《つか》んだ。

クルタさんは彼女の背中に手を回すと、ゆっくりと擦《さす》ってやる。

そうしていると、舞台の中央でゴダートが退屈そうに大きなあくびをした。

「つまらんな。それがしの不戦勝か？」

「……舐《な》めるんじゃねえ‼」

ゴダートの挑発に応じて、一人の選手が気勢を上げた。

それに続けとばかりに、他にも数名の選手が咆哮《ほうこう》する。

さながら、襲い掛かる重圧を声で吹き飛ばそうとしているかのようだった。

「おりゃああああっ‼　裂鋼斬《れっこうざん》‼」

「おおっと‼　スペード選手、いきなりの大技だぁ‼」

空高く飛び上がり、ゴダートに向かって剣を振り下ろす男。

鈍器を思わせる巨大な剣が天を裂き、ビュンッと風斬り音が響く。

飛び散る火花、拡散する衝撃。

ゴダートは自らの剣で攻撃を受け止めるが、あまりの威力に足元の石畳が割れた。

「何という一撃！　これでは、防御をしてもダメージは深刻でしょう！」

目まぐるしく動き始めた試合に、司会者の実況も熱を帯びる。

しかし、言っていることは全くといっていいほどズレていた。

今の攻撃は……ほとんど効いていない……！

ゴダートは受けた衝撃を、すべて舞台に流してしまっている。

あれでは、攻撃をしている側の方がよほど疲労していくことだろう。

続けて他の選手たちも攻撃を加えるが、すべて同様に流されてしまう。

「見て。ゴダートの奴、よく見るとあそこから一歩も動いてない！」

やがてクルタさんが、ゴダートの足元を指さして言った。

あれほど激しい攻撃を凌《しの》いでいるにも拘《かかわ》らず、ほとんど下半身が動いていない。

そんな馬鹿《ばか》な、いったいどれほどの実力差があればこんなことが起きるんだ……⁉

俺が驚いていると、やがてにわかにゴダートの目が鋭くなる。

「飽きたな。そろそろしまいにしよう」

途端に、攻撃を仕掛けていたはずの選手たちが吹き飛ばされた。

いきなりの展開に、観客たちはたまらず目を剝《む》く。

司会者も驚きのあまり実況を中断してしまうが、そこは流石にプロ。

すぐに舞台上に視線を走らせると、魔導具を手に声を張り上げる。

「おおっと！　今のは何でありましょうか！　私の目にはゴダート選手の全身から衝撃波が放たれたように見えました‼」

「……違う。今のは薙《な》ぎ払っただけだ、とんでもない速度と威力で」

俺のつぶやきに、同意するように頷《うなず》くクルタさん。

直後、ゴダートが動きを見せた。

彼は姿勢を低くすると、剣の切っ先を身体の後方へと下げる。
その構えはさながら、東方の侍がする居合斬りのようであった。
もっとも、手にする大剣は刀とは比べ物にならないほど巨大だ。
普通に振り抜けば、当然ながら切っ先が地面に当たってしまうのだが――。
「はあああぁっ!!」
ゴダートを中心にして、舞台の一角が吹き飛んだ。
遅れて轟音が響き、爆風が頬を撫《な》でる。
直後、粉砕された石畳が欠片《かけら》となって客席にまで飛んできた。
ゴダートは地面に当たることすら構わず、一気に大剣を振り抜いたらしい。
そして――。
「な、ななな……!!　何ということでしょう、選手たちがたった一撃で……！」
ゴダートの周囲にいた選手たち。
彼らの上半身が、無惨にも消失してしまっていた――。

第五話

長女の訪れ

「戦争屋ゴダート……。予想以上にとんでもない男だったな」

「ええ……。殺しありの大会とはいえ、ここまでやるとは」

予選がすべて終わり、闘技場から宿へと向かう帰り道。

俺《おれ》たちはあまりに衝撃的すぎたゴダートの試合を思い出しながら、ゆっくりと歩いていた。

道を行く他の通行人たちも、そこかしこで今日の予選での出来事について話している。

無理もない、いくら死亡者が出ることもある大会とはいえ……。

あのような殺戮劇《さつりくげき》はほとんどありえないだろう。

「……ねえ、ジーク」

「何ですか？」

「本選なんだけどさ。今からでも辞退できないのかな？」

やがてクルタさんが、少し遠慮がちながらもそう告げた。

その目には不安が色濃く浮かび、背中が縮こまるように曲がっている。

「それはできないですよ。メルリア様の依頼もありますし」

「依頼なら、ライザに任せるわけにはいかないのかな？」

「確かに姉さんなら、あのゴダートにも勝てそうですけど……」

圧倒的な強さを見せつけたゴダートであったが、それでもライザ姉さんには及ばないだろう。

大会のことは姉さんに任せるというのも、選択肢としてあり得ない話ではない。

メルリア様にしても、そもそもは姉さんを当てにしていたわけなのだし。

だがここでゴダートを恐れて引き下がってしまうというのもな……。

何だか剣士として大切なものを失ってしまう気がする。

「やっぱり出ますよ。あいつを放っておけないですし、俺にだってプライドがあります」

「ううーん……」

「大丈夫です。俺、負けませんから」

そう言うと、俺はグッと拳《こぶし》を握り締めた。

姉さんとの特訓を乗り越えたが、実のところあのゴダートに勝つ自信はない。

だが、気持ちで負けていては勝負の場に立つことすらままならないだろう。

必ず勝てる、俺なら勝てる……！

勝利への決意を心の中で反芻《はんすう》し、自分で自分に言い聞かせる。

それはさながら、暗示をかけるかのようだった。

「ま、とにかく今は本選に備えるしかねえな」

「ですね、今日はしっかりと休まないと」

思いのほか早く予選は終わったが、それでも肉体を使わなかったわけではない。

たっぷりと休養を取って、明日からの本選で実力を発揮できるようにしておかなければ。

宿屋のおばさんに頼んで今日は夕飯も多めに出してもらおうかな……。

俺がそんなことを考えていると、ロウガさんが笑いながら言う。

「そうだ、試合前の景気付けにうまいものでも食わねえか？」

「え？　もちろんいいですけど……」

「せっかくだし、今夜は俺が奢《おご》ってやろう。たまには大人なところを見せねえとな」

ロウガさんの言葉に、クルタさんとニノさんが目を丸くした。

基本的に、ロウガさんはお金をあまり持っていないからである。

決して稼ぎが少ないわけではないのだが、宵越しの金は持たない主義なのだ。

「もしかして、試合に賭《か》けてたの？」

「……まあな。ジークのおかげでがっぽりだ」

「それでか。だったら、目いっぱい奢ってもらわなきゃ損だね！」

「ええ。限界まで食べないと」

「お、おいおい！　少しは俺の財布のことも考えてくれよ？」

拳を突き上げ、気合を入れるクルタさん。

彼女に続いてニノさんもふふんっとご機嫌な様子で鼻を鳴らす。

二人とも細身の少女であるが、冒険者をしているせいかかなりの健啖家《けんたんか》だ。

本気で好きなだけ食べたら、ロウガさんの財布の中身ぐらい食べつくしてしまうに違いない。

「もう、小さいこと言いっこなしだよ！」

「お店はどこにしましょう？」

「そうだなぁ、どうせならお高い店に……」

「それなら、ちょうど良いところがございますわよ」

不意に、後ろから声が聞こえてきた。

この声はもしかして……!!

舞台女優を思わせる張りのある高い声には、確かに聞き覚えがあった。

……いや、聞き覚えがありすぎる。

恐る恐るゆっくりと振り返れば、そこには微笑《ほほえ》むアエリア姉さんが立っていた。

「げっ⁉」

「げっとはなんですか、げっとは！」

「いや、その……びっくりしちゃって」

アエリア姉さんは大陸でもトップクラスに忙しい立場の人間である。

それがどうして、このエルバニアにいるのだろうか。

フィオーレ商会の支部ぐらいはあるだろうけど、会頭の姉さんがわざわざ来るような規模ではなかったはずだ。

するとと姉さんは、優雅に扇子をあおぎながら言う。

「今回の大剣神祭には我がフィオーレ商会も多大な出資をしておりますの。スポンサーとして様子を見に来るのは当然でございますわ」

「なるほど、それで……。でも、俺たちの居場所はどうやって調べたのさ？」

「そうだよね。偶然にしては出来過ぎてるよね」

この広いエルバニアで、ばったり人と出くわす確率など相当に低いだろう。まして、大剣神祭のせいで街は人でごった返している。

顔見知り同士で待ち合わせをすることすら、なかなか難しいような有様だ。

すると姉さんは、ふふふっと余裕のある笑みを浮かべる。

「闘技場でライザと会いましてね、宿の場所を聞きましたの。それで、向かっている途中であなた方を見つけましたわ」

「ライザ姉さん……何で教えちゃうかなぁ」

「あの子がわたくしに隠し事をするなど、絶対にできませんもの」

うわぁ……こ、怖いな……！

アエリア姉さんのどこか含みのある顔を見た俺は、たまらず震えてしまった。

どんな手を使ったかは知らないが、きっとエグい手を使ったんだろうなぁ……。

ライザ姉さんも、大事な大剣神祭の前に大変な目に遭ったものである。

「ほかにもいろいろと聞きましたわ。大変なことに巻き込まれているようですわね、ノア」

「ええ、まあ」

「……いろいろと話したいことがありますわ。ついてきてくださいまし」

そう言って、軽く手招きをするアエリア姉さん。

俺たちは素直にその後をついていくのだった。


——○●○——


「おぉ……。何だかすごいところですね」

アエリア姉さんに誘われて着いた先は、都市の中心部にあるレストランであった。

エルバニアの街は二段重ねのケーキに似た形をしているが、その上層部分にある。

おかげで見晴らしが素晴らしく、またレストランの建物自体も白を基調とした瀟洒《しょうしゃ》なもの。

さらにエントランスには燕尾服《えんびふく》を着たボーイが立っていて、俺たちを深いお辞儀で出迎えてくれた。

姉さんのことだから、それなりに高級な店だろうとは思っていたけれど……。

これは俺の予想を大きく上回ってきたなぁ。

「流石《さすが》に、ここを奢ってくれとは言わないよな？」

「すべてわたくしが支払いますわ」

「……そりゃよかった」

そう聞いて、ほっと胸を撫《な》で下ろすロウガさん。

こんなところで奢るとなったら、確実に数十万ゴールドは飛んだだろう。

そうしている間に支度《したく》ができたらしく、ボーイがテーブルまで案内してくれる。

「あ、ライザ姉さん！」

向かった先のテーブルでは、既にライザ姉さんが座っていた。

珍しく考え事でもしていたのか、その表情は心ここにあらずといった様子だ。

彼女は俺が声をかけると、すぐにハッとしたように目を見開く。

「もう来たのか、ずいぶん早かったな」

「宿に戻る途中でアエリア姉さんと会いまして」

「なるほど、それでそのままここへ来たというわけか」

経緯を知って、納得したように頷《うなず》くライザ姉さん。

俺はそのまま姉さんの横に腰を下ろすと、ふっと息をつく。

そして真正面に座ったアエリア姉さんの顔を改めて見据えた。

「……でさ、アエリア姉さん。俺に話したいことって何さ？」

「それは……もう少し後にしましょう」

俺が話を切り出そうとすると、何故《なぜ》かアエリア姉さんはするっとかわしてしまった。

彼女の言葉に合わせるかのように、次々と料理が運ばれてくる。

……どうやら、相当に話しづらい事柄であるらしい。

ライザ姉さんも既に内容については承知しているのか、神妙な面持ちをしている。

「さ、冷めないうちにいただきましょう。ここのスープは絶品ですのよ」

こうして、微妙な雰囲気ながらも食事が始まった。

流石に高級レストランだけあって、料理の味はどれも素晴らしい。

いつの間にか食が進み、硬かった空気も少しずつ柔らかくなっていく。

「ライザ姉さんは、いつアエリア姉さんと会ったんですか？」

「大会のレセプションでな。思わず変な顔をしてしまったぞ」

「あの時のライザは見ものでしたわね。よそ行きの顔をしていたのが、いきなりこーんな目をしましたのよ」

そう言うと、アエリア姉さんは親指と人差し指でグイッと目を開いてみせた。

その大袈裟《おおげさ》な仕草にクルタさんとニノさんが、クスッと噴き出す。

「わ、笑うんじゃない！　お前たちだって、いきなり知り合いに会ったら驚くだろう？」

「そりゃそうだけどさ。ライザってこう、何かと表情豊かだよね」

「ええ、お姉さまの言う通りです」

「ぐ……遠回しに嫌味を言われた気がするぞ……！」

「まあまあ」

むくれるライザ姉さんを宥《なだ》めたところで、アエリア姉さんがコホンッと咳払《せきばら》いをした。

そうして一拍の間を置くと、やがて彼女は真剣な顔をして言う。

「ノア。今からでも遅くはありません、大会出場を取りやめなさい」

「……やっぱりそうきましたか」

アエリア姉さんの言いたいことは、おおよそ予想がついていた。

何かと心配性な姉さんのことだ、一連の流れを知れば大会出場を止めるに決まっている。

しかし、意外なのはライザ姉さんだ。

出場を勧めた身として、よくアエリア姉さんの提案を了承したものである。

俺がちらっと目を向けると、ライザ姉さんはムムッと困ったような顔をする。

「私としてはな、ノアが出ても止めることはしないぞ。もともと、私が言い出した話だしな。

剣聖を目指すというならば、止めはせん！」

「……ライザ！　裏切りましたわね⁉」

「う、裏切ってはおらん！　私はあくまで、アエリアが止めたいというなら……」

「先ほどは、ノアを説得すると約束したではありませんか！」

「姉さん、どういうことです？」

「………むむむむ!!」

俺とアエリア姉さんの二人から詰め寄られ、冷や汗をかくライザ姉さん。

事の経緯からすれば俺につくのが筋なはずだが、アエリア姉さんに逆らうこともできないらしい。

俺たち二人の顔を見比べながら、うんうんと唸《うな》り続ける。

そして――。

「ノ、ノアの好きにしろ！」

「あっ!!」

最終的に、ライザ姉さんは俺に判断を丸投げした。

アエリア姉さんは驚いたような顔をするが、ライザ姉さんはそのままそっぽを向いてしまう。

よし、これは一気に流れが来たな！

クルタさんたちに目配せをした俺は、アエリア姉さんに対して一気に畳みかけるように言う。

「やっぱり出るよ。心配してくれるのはありがたいけど、勝ちたいんだ」

「ですが、あのゴダートという男は危険すぎます！　わたくしもあの男の評判については耳にしたことがありますが、軍を丸ごと壊滅させたという話もありますのよ！」

「そうだとしても、この状況じゃ逃げられないよ」

「……なに、ジークの奴は竜の王様にだって勝ったんだ。人間相手なら、そこまで心配することねえさ」

「そうだね、あれと比べればまだ救いようはあるよ」

過去のことを思い出しながら、しみじみとした口調で言うクルタさんたち。

その深みのある表情には、何ともいえない説得力があった。

確かにあの怪物と比べれば、人間ならば誰《だれ》でもましかもしれない。

こうして形勢が悪くなったと察したアエリア姉さんは、やがて苦々しい表情で言う。

「とにかく、わたくしは認めませんわ！　ゴダートとあなたの試合は、何が何でも阻止してみせます！」

「まさか、スポンサーの権限でも使う気か？　だが、いくら何でもそんなことは……」

「とにかく！　認めないものは認めないですからね！」

それだけ告げると、アエリア姉さんはその場から去って行ってしまった。

その場に取り残された俺たちは、困ったものだと互いに顔を見合わせる。

アエリア姉さん、無茶しないといいのだけど……。

まさか、大会中止を求めて王宮に行ったりしないだろうな……？

「……まあ、あれでも大人だ。大丈夫だろう」

「ですかね？」

俺関連のことになると、急に子どもっぽくなってしまうアエリア姉さん。

その行動を不安に思いつつも、俺たちはレストランを出て帰路につくのであった。

第六話

本選開始！

「さあ、いよいよ待ちに待ったこの日がやってきました！」

魔導具を高々と振り上げ、声を大きく張る司会者。

とうとう大剣神祭本選の当日がやってきた。

他の選手と共に控室の前に整列した俺《おれ》は、深呼吸をして息を整える。

これから始まる戦いは、対人戦としてはこれまでで最も過酷なものとなるだろう。

果たして、俺に勝ち抜くことができるのか。

緊張のあまり、自然と全身が震えてくる。

「大丈夫かい？」

「ええ……」

隣にいたアルザロフが、気さくな様子で声をかけてきた。

俺がライザ姉さんの弟であることを知っているのか、それとも皆に紳士的なのか。

その表情はとてもにこやかで、昂《たかぶ》っていた精神がわずかに和らぐ。

「この大会は世界でも最高峰だからね。緊張するのも当然さ」

「アルザロフさんも前回はそうだったんですか？」

「もっとも、私の場合はすぐにライザさんに心奪われてしまったけどね。ああ、我が愛しのライザさん……早くまたお会いしたい……！」

たちまち、頰《ほお》を紅潮させてライザ姉さんへの愛を語り始めるアルザロフ。

……まともだと思ったけど、この人もこの人でだいぶ癖《くせ》が強いなぁ。

この試合前の最も緊張すべき局面で、まだそんなことを考えているなんて。

俺が少し呆《あき》れていると、係員の男がサッと手を上げて合図をしてくる。

「それでは、予選を勝ち残った七人の猛者《もさ》たちの登場です!!」

司会者の声に導かれ、通路を抜けて舞台の前へと出る。

客席から聞こえてくる大歓声。

予選も盛り上がっていたが、やはり本選は熱気が違う。

押し寄せてくる音の津波に圧倒されそうになる。

「では、それぞれの選手の紹介をしましょう！　まずは予選第一ブロック、ジーク選手！」

司会者に呼ばれ、俺はさっそく舞台の上に登った。

客席のそこかしこから名前を呼ばれ、緊張の度合いがいっそう高まる。

こんなに大勢の人の前に立ったことなんて、今まで生きてきて初めてだ。

こうして俺がそわそわしていると、司会者がそっと隣に立って告げる。

「ジーク選手は、なんと現在の剣聖であるライザ殿の弟さんです！　姉譲りの剣術は果たしてどこまで通用するのか！　皆様、まだ若い彼の活躍にぜひご期待ください‼」

げ、当然といえば当然だけどここでそれを言うのか……！

俺はたちまち、背後から強烈な視線を感じた。

微《かす》かな殺気と猛烈な嫉妬《しっと》が混じったような気配がする。

アルザロフ、きっとすごい顔をしているんだろうな……！

俺は恐怖のあまり、後ろを振り返ることすらできなかった。

「続いて予選第二ブロック、アンバー選手！　前大会でも本選出場を果たした強者です！　前回は惜しくもベスト8で止まってしまいましたが、雪辱を果たすことができるのか‼」

「今度こそは勝つ‼　うおおおおおっ‼」

獅子《しし》を思わせる長髪の男が、これまた獣のような咆哮《ほうこう》を上げた。

その声の大きさときたら、耳がキンッとしてしまうほどである。

これは、試合中も警戒が必要かもしれないなぁ。

突然大声を上げて注意を奪うのは、ふざけているように見えて意外と効果的な手だ。

「続いて、第三ブロック……」

仕事柄、大きな声には慣れているのか、それともプロ根性の為《な》せる業か。

司会者は突然の叫びに特に戸惑うこともなく、次々と他の選手たちの紹介を続けた。

そうしているうちに、とうとうアルザロフの順番がやってくる。
「改めて宣言しよう！　私は優勝して、ライザ殿と結婚する！」
高らかに宣言すると、俺の方を見てニカッと白い歯を見せるアルザロフ。
にこやかな表情の裏に、得体のしれない凄《すご》みを感じるが……。
それについては、できるだけ触れないようにしておこう。
できれば本選でも彼とは当たりたくないものだ。
「続きまして、第六ブロックのゴダート選手!!」
いよいよ来たか……。
司会者に呼ばれてゴダートが舞台に上がると、周囲の空気が明らかに変化した。
ゴダートが引き起こした惨劇を他の選手たちも知っているのだろう。
にわかに空気が張り詰め、肌が痺《しび》れるようだ。
しかし、当の本人は至って涼しい顔。
客席に向かって、飄々《ひょうひょう》とした様子で手を振っている。
「では最後に第七ブロック、キクジロウ選手です！」
ゴダートの様子を見ているうちに、最後の選手が舞台に上がった。
名前からして、東方の出身であろうか？
こざっぱりとした着物姿で、腰には反りの浅い刀を差している。

さらに艶《つや》のない髪を乱暴に束《たば》ねたその雰囲気は、いわゆる浪人《ローニン》というやつだろうか？

「……ゴダートよ、そなただけは絶対に倒す！」

舞台に上がると、早々にゴダートへの敵愾心《てきがいしん》をあらわにするキクジロウ。

その目つきの鋭さは、明らかに尋常ではない。

ゴダートにやられてしまった選手の中に、知り合いでもいたのだろうか？

「では、予選を突破した七名の選手たちが無事に揃《そろ》いましたところで！　いよいよ現剣聖のライザ殿の登場です!!」

サッと手を振り上げる司会者。

たちまち客席から割れんばかりの拍手が響いた。

それと同時に花火が打ちあがり、パンパンッと景気のいい音が響く。

そして――。

「はっ!!」

客席の三階に設けられた貴賓席。

舞台に向かって迫り出すような形となっているそこから、サッとライザ姉さんが飛び降りてきた。

空中で見事に一回転した彼女は、そのまま舞台の中心に華麗な着地を決める。

そのパフォーマンスに、観客席の熱気もいよいよ最高潮。

やがてそこかしこからライザコールが聞こえてくる。

流石《さすが》は現役《げんえき》の剣聖、凄《すさ》まじい人気ぶりだ。

「剣聖ライザ殿は八人目の選手として本選に参加されます！　それではまず、組み合わせの抽選から参りましょう！」

司会者がそう告げると、大人の上半身ほどもある大きな箱が運び込まれてきた。

箱には丸い穴が開けられていて、そこから手を入れられるようになっている。

「では皆様、順番に箱の中にある札を取り出してください！　札には全部で四種類の記号が描かれており、一回戦は同じ記号の札を手にした選手同士で対戦していただきます！」

なるほど、そういうことか。

それなら姉さんとアルザロフとだけは違う札を取りたいところだな……。

箱の前に立った俺は、いささか緊張しながら札を摑《つか》んだ。

そして一思いに引き抜くと、札には〇印が描かれている。

「私と同じようだな」

誰《だれ》が相手だろうと周囲を見渡した俺に、キクジロウが声をかけてきた。

どうやら俺の初戦は、この正体不明のローニンが相手のようだ……！

――○●○――


「さあ、栄えある大剣神祭本選！　組み合わせが決定いたしました‼」

数分後、係員たちが運び込んできた黒板に司会者が試合表を記載した。

ええっと、一回戦第一試合がライザ姉さん対アンバー。

第二試合がネロウ対メイガン。

第三試合がゴダート対アルザロフ。

そして、最後の第四試合が俺対キクジロウか。

とりあえず、ライザ姉さんとは決勝戦まで戦わなくてもいいってわけか。

けど、ゴダートと準決勝で当たるのはちょっと心配だな。

本選に出場した以上、戦うことは避けられないわけだけれど、いくらか気が楽になったな。

初戦でいきなり戦うなんてことになったら、それで終わってしまっていたかもしれないし。

「では、さっそく第一試合を始めたいと思います！　アンバー選手、ライザ選手前へ！　それ以外の選手の方は、いったん控室へお戻りください！」

司会者に促されて、舞台を後にする俺たち。

こうして控室に行くと、そこにはクルタさんたちが待ち構えていた。

変だな、予選の時はみんな客席にいたのに。

「あれ？　ここに入れたんですか？」

「うん。アエリアさんが便宜を図ってくれたみたいだよ。事前に私たちは通していいって、連絡があったみたい」

「なるほど、それで」

大会のスポンサーであるアエリア姉さんなら、それぐらいのことは可能だろう。

昨日は出場を辞めろと言っていたが、何だかんだ気を利《き》かせてくれたようである。

「そういえば、アエリア姉さんは？」

「まだ来てないよ。忙しいんじゃないかな」

「たぶんあっちの方にいるんじゃねえか？　ほら」

そう言うと、控室の窓から貴賓席の方を見るロウガさん。

あそこは王族と貴族専用だと聞いた覚えがあるけれど……。

アエリア姉さんぐらいの立場なら、あそこにいても不思議ではないか。

どこかの国の名誉爵位などは持っていたはずだし。

「ジークの試合が始まるまでには来るんじゃないですか？　すごく心配していましたし」

「まあ、邪魔してこないならむしろ好都合かな」

あれだけ言っておいて、すぐに様子を見にこちらに来ないのはちょっと気にはなる。

てっきり、本選が始まる前にああだこうだ言われると思っていたのだが……。

俺の決意の固さを見て、説得は困難だと判断したのだろうか？

あのアエリア姉さんがあの程度で引き下がるとも思えないのだけれど。

「それより、ライザの試合を見ようぜ！　ほら、始まるぞ！」

俺があれこれ考えていると、ロウガさんがポンと背中を叩《たた》いた。

そうだった、まずはライザ姉さんの試合を見なければ。

舞台の上に目を向ければ、ライザ姉さんとアンバーが既に向かい合っていた。

その様子は、さながら美女と野獣といったところか。

肩幅だけでアンバーはライザ姉さんの三倍ぐらいはありそうだ。

「華奢《きゃしゃ》な身体だなぁ。それでよく剣聖になれたもんだ」

「その私に、お前は前大会で負けたのだぞ？」

「俺は負けてねぇ！　準決勝でうっかり足に怪我《けが》をしなきゃ、決勝でお前を叩きのめしていた！」

「ふん、どうだかな」

ライザ姉さんに煽《あお》られ、アンバーはフンッと大きく鼻を鳴らした。

彼は背中から二本の剣を抜くと、顔の前で交差させるように構える。

なるほど、二刀流か……。

あんなバカでかい剣を二本なんて、並の剣士では振ることすらできないだろう。

ある意味で、自らの恵まれた体格と筋力を最大限に生かしたスタイルだ。

「面白《おもしろ》い。だが、それで二刀流では遅いのではないか?」

「ははは、それがそうでもないのだ! おりゃああっ!!」

自らを奮い立たせるように、雄叫《おたけ》びを上げるアンバー。

彼はそのままライザ姉さんに向かって突っ込んでいった。

そして二振りの剣を猛烈な速度で振るい始める。

流石、大剣神祭の本選出場者なだけのことはあるな……!!

相当な重量があるはずの大剣を、軽々と振りまわす。

「ありゃとんでもねえな!」

「うわぁ……! あの大きさの剣をナイフみたいに……!」

アンバーの勢いに圧倒されてしまうクルタさんたち。

しかし、ライザ姉さんも負けてはいなかった。

二刀から繰り出される猛攻をすべて弾《はじ》き、全く隙を見せない。

その様はまさしく鉄壁というのが相応《ふさわ》しい。

「冷静だ、相手の出方をうかがってる」

「でも、防いでいるだけじゃ勝てないよ」

「大丈夫」

俺がそう言った瞬間、ライザ姉さんが大きく飛びのいた。

そしてアンバーの方を見ると、何とも挑発的な笑みを浮かべる。

「だいたい実力のほどはわかった。お前では私に勝てん」

「揺さぶりのつもりか？　そっちこそ、俺の二刀に圧倒されっぱなしだったはずだ」

「剣が多ければいいというものではない。わからせてやろう」

そう告げると、ライザ姉さんはあろうことか剣を舞台の上に置いた。

嘘《うそ》だろ、試合中に自ら剣を置くなんて……!!

あまりにも予想外の行動に、闘技場全体がにわかにどよめいた。

司会者も事態が呑《の》み込《こ》めなかったのか、実況がワンテンポ遅れてしまう。

「……これはどうしたことでしょう！　ライザ選手、剣を置いて降参か？」

「まさか。こいつ相手には、無刀流で十分というだけだ」

「何を言ってやがる！　ふざけるな!!」

姉さんの奇怪な言動に、案の定、アンバーは激高した。

彼は再び二刀を構え直すと、ズンッと足を踏み出す。

途端に舞台の石畳が割れ、破片が舞い上がった。

おいおい、本当に人間か!?

大型モンスターもさながらのパワーに、俺はたまらず目を剝《む》いた。

だが次の瞬間――。

「がら空きだ」

「ぐおぁぁ…………!!」

刹那のうちに背後に回り込んだライザ姉さん。

彼女の放った手刀が、アンバーの意識を刈り取るのだった――。


―○●○―


「さっすがライザ！　手刀で倒しちゃうなんて！」

「……けど、いいのか？　剣術大会なんだろ？」

「大丈夫じゃない？」

あまりにも劇的な決着に、ざわめく俺たち。

まさか、大剣神祭の本選で剣を使わずに勝負を終わらせるとは。

流石の司会者もこれは予想外だったようで、すぐに他の係員を呼んで協議を始める。

「しまった。これはまずかったか？」

先ほどのすました表情はどこへやら。

苦笑しながら、困惑したように額に手を当てるライザ姉さん。

おいおい、大丈夫なことをあらかじめ確認してなかったのか……！

ったく、その場の勢いだけで行動するんだから！

俺がやれやれと呆れていると、話し合っていた司会者が戻ってくる。

「えー、セーフ！　セーフであります！　大会のルールには剣以外の武器を使ってはならないとの定めはありましたが、武器を使わないことはセーフであります！」

「……危なかった」

「思わぬところでひやっとしたね」

ほっと一息ついたところで、試合を終えたライザ姉さんが戻ってきた。

誇らしげに胸を張る彼女に、俺はすかさずツッコミを入れる。

「勝ったのはいいけど、変なことしないでよ」

「ははは、つい勢いでな」

「ひょっとしたら、失格になったかもしれないんだよ？」

「……うむ、すまなかった」

俺に言われて、ようやく事の重大さを完全に理解したのだろう。

ライザ姉さんは申し訳なさそうな顔をして、肩をすくめながら小さく頭を下げた。

すると、剣聖の情けない姿を見かねたのであろうか。

クルタさんが助け船を出すように言う。

「それはそれとして。そろそろ第二試合が始まるよ！」

彼女に促されて、再び控室の窓にかじりつく俺たち。

ネロウとメイガンは、どちらも大会初出場であまり馴染《なじ》みのない選手である。

予選の時もイマイチ影が薄かったのだが、果たしてどのような戦い方を見せてくれるのか。

自然と緊張感が高まり、皆の口数が少なくなる。

「どう見ます？」

「二人とも小柄だからな。技巧の勝負になるのではないか」

「だな。あの体格でパワー系はなさそうだ」

やがて向かい合うネロウとメイガン。

先ほどのライザ姉さんとアンバーの試合とは対照的に、両者の体格はほぼ同じ。

二人とも標準より小柄かつ細身で、さらにネロウは女性である。

ライザ姉さんの指摘する通り、力と力のぶつかり合いにはならなさそうだ。

「さあ、本選第二試合！　いよいよ始まりです！」

さっと手を高く振り上げる司会者。

それと同時にネロウとメイガンの距離が一気に縮まった。

お互い、初めから全開だ。

体力を温存することは考えず、勝負を決めてしまうつもりなのだろう。

さらにメイガンが身体を傾け、ネロウの懐《ふところ》に入り込む。

「決まった！」

「いや、避けた！　んん⁉」

「攻守が入れ替わった？」

「フェイントだな。やるではないか！」

ネロウの肩から袈裟《けさ》がけに斬りつけたメイガン。

しかし、ネロウはそれを風に舞う布のようにするりとかわした。

そして入れ替わるようにして強烈な突きを放つが、そこにメイガンはいない。

大振りな袈裟斬りは、あえて自らの腹を空けて突きを誘発するためのフェイント。

姿勢を低くしていたメイガンは、突きを空振りして隙のできたネロウを下から狙《ねら》った。

だがそれを、ネロウはギリギリのところで防いで退く。

刹那のうちに繰り広げられた攻防。

そのレベルの高さに、ライザ姉さんまでもが声を上げた。

「これまでとは全然違うな！」

「ああ、実力が伯仲《はくちゅう》している。紙一重だ」

「ライザはどっちが勝つと思う？」

「そうだな……恐らくは……」

クルタさんに問いかけられ、思案するライザ姉さん。

しかし、彼女が答えを出す直前に試合が大きく動いた。

ネロウが不意に、自らの上着を脱ぎ捨てたのだ。

「なんだ？　いきなりファンサービスか？」

「むむっ！　全然なさそうに見えたのに私よりも……な、なんて破廉恥な！」

肌もあらわな水着姿となったネロウを見て、たまらず声を上げるロウガさんとニノさん。

客席からも次々とどよめきと歓声が聞こえてくる。

ネロウの対戦相手であるメイガンも、敵の思いもよらない行動に怪訝《けげん》な表情をした。

「色仕掛けとは品がない」

「誰もそんなことしてないわ」

余裕のある笑みを浮かべると、ネロウは身体をゆっくりとくねらせ始めた。

その腰つきは、さながら蛇のよう。

琥珀色《こはくいろ》をした大きな瞳《ひとみ》にも、魔性の光が宿る。

さらに彼女の握る剣が、蠱惑的《こわくてき》な紫のオーラを帯び始めた。

「何かの術だな。あの剣を見るなよ」

「そうは言われても、何か目が離せない……!?」

顔を動かそうとするが、どうにも身体が言うことを聞かない。

さながら、筋肉が石化してしまったようだった。

どうやらネロウは、催眠術か何かの心得があるらしい。

メイガンも自らの異変に気付いたのか、凄まじい形相を浮かべる。

「おのれ……!! 汚い真似《まね》を……!!」

「これも立派な戦術よ。さあ、このまま勝たせてもらうわね！」

動きを封じた余裕からだろう。

ネロウは大きく構えを取ると、全力で斬撃を放った。

あれは……まさか飛撃か！

青白い真空の刃が、メイガンへと殺到する。

姉さんのものよりは少し練度が低いようだが、威力は十分。

あんなものに当たれば、ひとたまりもないだろう。

「おおっと！ これは決着か!!」

司会者が叫んだ瞬間、メイガンの身体が動き始めた。

彼はそのまま前方へと飛び出すと、大技を出して隙ができているネロウに斬りかかる。

「きゃっ!? そんなっ!!」

攻撃を受けきれなかったネロウは、そのまま剣を吹き飛ばされてしまった。

あまりに劇的な決着に、闘技場全体がしばし静まり返る。

「あいつ……どうやってあの術を解いたんだ？」

「もしかして、顔だけは動けたから……舌を噛《か》んで痛みで相殺したとか？」

「けど、そんなことして一歩間違えたらどうするのさ？」

青い顔をして、俺の考えを否定するクルタさん。

確かに、舌を噛むなんて一歩間違えば死につながるような危険な行為だ。

いくら試合に勝つためとはいえ、そこまでするなんて考えにくいだろう。

しかしここで、メイガンはプッと口から血の塊を吐き捨てる。

「どうやら、ノアの予想した通りだったようだな」

「こりゃ、あいつも強敵かもしれねえ」

凄まじい痛みに苛《さいな》まれているはずにも拘《かかわ》らず、表情を変えないメイガン。

その姿を見て、俺たちは改めてこの大会の厳しさを痛感するのだった。


――○●○――


「……大した奴《やつ》だぜ」

舞台の端で治療を受けるメイガン。

その姿を見ながら、ロウガさんが囁《ささや》くようにつぶやく。

舌を噛み切るところまでは至っていないようだが、メイガンの傷はそれなりに深いようであった。

闘技場には腕のいい治療師が詰めているとはいえ、壮絶なまでの覚悟である。

「剣聖になれば、多大な栄誉と富を得られる。命を張るだけの価値はあるのだろう」

「現役の剣聖が言うと、説得力が違うなぁ……」

「もっとも、優勝賞金については剣を買ったら無くなってしまったがな」

腰の剣を撫《な》でながら、朗らかに笑うライザ姉さん。

流石に聖剣ほどではないが、姉さんの剣も相当な業物ではあるからなあ。

金額を聞くと怖くなるので聞いたことはないが、お屋敷が買えるぐらいはするのだろう。

そうして話しているうちにメイガンとネロウは退場し、変わってアルザロフとゴダートが控室を出る。

「……うわ、二人ともすごい殺気だな」

「命がけって感じですね」

まだ試合が始まる前だというのに、刺すような空気が伝わってくる。

特にアルザロフの方は、ライザ姉さんが近くで見ているということもあるのだろう。

その貴公子然とした容貌からは似合わぬほどの険しい目をしていた。

「さて……次はどちらが勝つかな？」

「ゴダートにあまり残ってほしくはないが、アルザロフもなぁ」

「あのことがありますからね」

そう言うと、ライザ姉さんの様子をチラチラとうかがうニノさん。

すると姉さんは、はあっとため息をつきながら言う。

「あの男、コテンパンにしたら何故《なぜ》か惚《ほ》れられてしまったからな……。まったく困ったものだ」

「案外、お似合いかもよ？　剣士としては優秀みたいだし」

「気障《キザ》っぽいとこはありますが、顔も悪くないですね」

「なっ！　そんな馬鹿《ばか》なことあるものか！」

からかうクルタさんに、猛然と反発するライザ姉さん。

そうしているうちに、司会者が高らかに試合開始を宣言する。

「さあ、本選第三試合の開始です！　いずれ劣らぬ実力者同士のこの対決、勝利の女神が微笑《ほほえ》むのはどちらだ！」

「では、それがしから行かせてもらおう」

意外なことに、初めに動きを見せたのはゴダートであった。

大剣を抜き放った彼は、そのまま勢いよくアルザロフへと飛び掛かっていく。

――速い！

その速度は驚異的で、動きに対して音が遅れて聞こえた。

予選でその場から一切《いっさい》動かなかったのとは全く対照的である。

しかし、対するアルザロフも前大会準優勝の実力者。

手にした剣を舞台に突き刺すと、そのまま掬《すく》い上げるような動きをした。

するとたちまち石畳がめくれ上がり、巨大な石と土の壁がアルザロフを守る。

「なんの！　天裂斬《てんれつざん》!!」

「甘いっ!!」

壁を吹き飛ばし、アルザロフへと斬りかかるゴダート。

しかし次の瞬間、アルザロフの姿が消えてしまった。

これは……!?

俺が驚いて目を剝くと、アルザロフがゴダートの背後から姿を現す。

「はぁっ!!　十字斬《じゅうじぎり》!!」

「ぐっ！」

十字の斬撃がゴダートの背中に直撃した。

くの字に折れ曲がりながら、彼はそのまま舞台の端まで吹き飛ばされていく。

しかし、流石は歴戦の強者。

ダメージは最小限に殺したらしく、膝《ひざ》を突きながらもすぐに立ち上がる。

「ほう……。これは妙な技を使う。魔法か？」

「純粋な剣術さ。たゆまぬ努力とライザさんへの愛で、俺は分身を自在に使えるようになったのだ！」

そう告げた瞬間、アルザロフの身体が幽体離脱でもするかのように二つにわかれた。

これは……姉さんの四神の剣陣を真似たのか？

習得した理由はふざけているが、なかなかに厄介そうだ。

「あれは、私の技とは少し違うな」

「ああ。四神の剣陣は分身を作るのにかなりの体力を消耗する。ゆえに、分身を出し入れするには相当の制約があるのだが……あれは別のようだ」

出した分身を、すぐさま消してしまったアルザロフ。

その様子を見るに、分身はすぐに出せる上に体力の消耗もないらしい。

最大で何体まで出せるかは不明だし、分身の戦闘力も未知数だが、これはかなり厄介な技だな……。

「ふふふ、さあ行くぞ‼」

再び分身を出したアルザロフ。

彼と分身はそのままサイドステップを踏み、クルクルと位置を入れ替える。

あっという間に、どちらが本物でどちらが分身なのかわからなくなってしまった。

「見破れるかな？」

「ふん、見破るまでもない」

迫りくる分身と本体を、ゴダートはまとめて受け止めた。

だが次の瞬間、ゴダートの背後からさらにもう一人のアルザロフが姿を現す。

「ぬっ⁉」

「もらったぁっ‼」

完全に虚を衝《つ》いた一撃。

ゴダートは身を捻《ひね》って回避を試みるが、間に合わない。

再び彼の身体が吹き飛ばされ、舞台上を滑る。

「こりゃすげえ……！　アルザロフって奴、やるな！」

「流石は前大会準優勝ですね、これはもしかするかもしれないです」

「ライザとの結婚も近いかも？」

「そんなことあるものか！」

声を大にして否定するライザ姉さんであったが、試合の流れがアルザロフにあるのは間違いなかった。

ゴダートは老体に見合わぬタフさを誇るようだが、それでもこのまま押され続ければいずれは力尽きる。

アルザロフが押し切るのが先か、ゴダートが分身を攻略するのが先か。

俺たちが固唾《かたず》を呑《の》んで見守っていると、ゴダートが凄みのある笑みを浮かべる。

「ひっ……！」

冷気すら伴うようなそれに、クルタさんが小さく声を上げた。

迸《ほとばし》る殺気。

彼女だけではない、ニノさんやロウガさんも引《ひ》き攣《つ》った表情をしている。

そうしていると、ゴダートはゆっくりと剣を構え直す。

「面白くなってきたではないか。かかかかかっ……!!」

「何がおかしい？　余裕を見せたところで、お前が勝つことはない！」

にわかに凄惨《せいさん》な笑みを浮かべるゴダート。

その不気味な姿を睨《にら》みつけながら、アルザロフは冷えた声で告げた。

流石は前大会の準優勝者というべきか。

身を突き抜けるような殺気を受けても、全く怯《ひる》んだ様子はない。

それどころか、その表情は勝利の確信に満ちているかのようだった。

「終わりにしてやる。はあああぁっ!!」

「むっ!!　ドンドン人数が増えていく……!?」

アルザロフの背中から、次々と分身が姿を現す。

二人、三人、四人……!!

最終的に分身は六人にまで増え、本体を含めて総勢七人となった。

まさか、ライザ姉さんの四人を軽々と超えてくるなんて。

「アルザロフの勝ちだな。いくら何でもあの人数、捌《さば》き切れるわけがねえ」

「そうだね。まさか七人なんて」

勝負に出たアルザロフを見て、今後の試合の流れを確信するクルタさんたち。

いくらゴダートが強いとはいえ、たった一人である。

総勢七人のアルザロフを相手に凌《しの》ぎきれるとは思えなかった。

しかし、姉さんだけは目を鋭く細めて渋い顔をする。

「いや、この勝負はゴダートの勝ちだ」

「えっ？」

「分身の動きがわずかにだが鈍い。恐らく、あの人数が限界なのだろう」

「んん？　そうだとしても、七人もいれば十分じゃない？」

「いや、この手の勝負は先に己《おのれ》の底を見せた方が負ける。特にゴダートのような者が相手ならばな」

長年の経験に裏打ちされたライザ姉さんの言葉には、しっかりとした重みがあった。

確かに、切り札をすべて見せてしまったのは悪手だろう。

でも、ここからゴダートが勝負の流れをひっくり返す手があるのか……？

俺が逡巡《しゅんじゅん》していると、アルザロフと分身たちが仕掛ける。

「終わりだ‼」

「ふんっ！」

七人のアルザロフが、入れ代わり立ち代わり猛攻を繰り広げる。

その様は、まさしく剣戟《けんげき》の嵐《あらし》。

流石のゴダートも完全に手数で圧倒され、手も足も出ない。

……これは勝負ありだな。

俺がそう思った瞬間、アルザロフの剣がゴダートの腹を掠《かす》める。

「惜しい！　浅かったか！」

「けどいいぞ、いける‼」

ゴダートの身体から血が流れた。

致命傷とはならなかったようだが、無視できるほど浅くもないらしい。

革の鎧《よろい》が濡《ぬ》れて、ぽたりと雫《しずく》が落ちる。

予選では無敵にすら見えた強者の流血に、観客たちは声を上げて盛り上がる。

「いよいよアルザロフ選手の勝利か⁉　ゴダート選手、手も足も出ません‼」

「これでとどめだ！　悪いが、あなたには私の伝説の礎《いしずえ》となってもらおう」

再びゴダートとの距離を詰め、とどめを刺そうとするアルザロフたち。

するとゴダートは、傷口に当てていた手をスッと振った。

パッと血が飛び散り、アルザロフたちの顔にかかる。

が、彼らは気にすることなく突っ込んでいった。

血飛沫《ちしぶき》で視界を奪おうとしたのかもしれないが……流石にこれは悪あがきだろう。

だが――。

「まずい!! バレバレだ！」

「えっ？」

ライザ姉さんが叫んだ刹那、ゴダートがアルザロフを斬った。

噴き上がる血、崩れ落ちる身体。

たちまち分身たちは霧散して、後には倒れた本体だけが残される。

そんな……あの一瞬で本体を見極めたっていうのか⁉

いったいどうやって⁉

「な、何で⁉ あり得ないよ！」

「偶然か？ それにしては、狙ってたような……」

「ええ、迷いがありませんでした」

衝撃的な展開に、顔を見合わせるクルタさんたち。

するとライザ姉さんが、真剣な顔をして告げる。

「血だ。あの本体だけが、血飛沫を避けようとしたんだ」

「え？　ボクには見えなかったけどなぁ」

「いや、間違いない。ほんのわずかにだが頭を動かした」

「……そうか。姿かたちはそっくりでも、分身はそういうことには無頓着《むとんちゃく》なんだ」

「数を増やした弊害だろうな。恐らく、五感までは再現されていないのだろう」

ライザ姉さんの分析に、揃って頷《うなず》く俺たち。

そうしているうちに、アルザロフは係員に担《かつ》がれて移動していった。

かなり重傷のようだが、大丈夫だろうか？

一方、後に残されたゴダートは勝ち誇るように大剣を天に突き上げる。

戦争屋と呼ばれる卑劣な男ではあるが……。

やはりゴダートはとてつもなく強い、しかも戦い慣れている。

「……やはり、あの男を倒せるのは拙者のみか」

俺たちが半ば呆然《ぼうぜん》とゴダートのことを見ていると、控室の奥から声が聞こえた。

振り向けば、そこには険しい顔つきをしたキクジロウが立っている。

その身から放たれる殺気は、明らかにただ事ではない。

やはり、ゴダートとキクジロウの間には何かがあるのだろう。

意を決した俺は、彼に理由を尋ねてみる。

「どうして、ゴダートをそれほど嫌っているんだ？」

「知れたこと。奴は盗人《ぬすっと》だからだ」

「盗人？　それはどういう──」

俺がさらに話を聞こうとしたところで、控室に係員が入ってきた。

係員は俺とキクジロウの姿を確認すると、すぐさまこっちにこいと手を振る。

もう少し話をしていたいところだが、もう試合の時間らしい。

俺は改めて姉さんたちの方を向く。

「……行ってきます」

「ああ、必ず勝ってこい」

「絶対に油断しちゃダメなんだからね！」

「負けるなよ」

「期待しています」

少し心配した様子で、それぞれに声をかけてくれるみんな。

あの試合を見せられては、流石に楽勝ムードというわけにもいかなくなったのだろう。

俺は改めて気を引き締めると、軽く頭を下げて係員の方へと移動する。

「……ひとまず試合だ」

「ああ、そなたに恨みはないが、必ず勝たせてもらう」

こうして俺は、キクジロウとの試合に臨むのだった。

第七話　東方から来た男

「さあいよいよ、一回戦も最終試合です！　ジーク選手、キクジロウ選手！　どうぞ！」

声を張り上げ、サッと手を上げる司会者。

その動きに合わせて、俺《おれ》とキクジロウは控室を出て舞台に上がった。

果たして、東方から来たであろうこの浪人《ローニン》の実力はいかほどか。

盛り上がる観客たちの熱気とは裏腹に、俺の心は少しばかり冷えていた。

姉さんのおかげで大陸の剣術は一通り見知っているが、東方剣術には未知の部分も多いのだ。

決して油断のできるような相手ではない。

「二人とも、今回の大会が初出場の新顔です！　若き天才たちは、果たしてどのような戦いぶりを見せるのか！　それでは、試合開始です!!」

互いに距離を保ったまま、剣を抜く俺とキクジロウ。

いや、正確にいえば向こうは剣ではなく刀か。

大振りの波紋が美しく、刀に無知な俺でもかなりの業物であることがうかがえる。

「……妙だな」

人から譲り受けた刀なのだろうか？

キクジロウの身長に対して、刀がいささか長すぎるように見えた。

流石《さすが》に本選出場者なだけあって、振り回されているという印象ではないが……。

構えにわずかながら違和感がある。

ここは一気に間合いを詰めて、攻め立てるべきか。

それともまだ様子見に徹するべきか。

誘い受けの可能性もあるだけに、俺は少しばかり慎重になる。

すると――。

「青天流《せいてんりゅう》・五月雨《さみだれ》!!」

「……くっ！　速いっ！」

先にキクジロウの方が仕掛けてきた。

飛撃と同じく、飛ぶ斬撃だ。

しかし、その速度は飛撃よりも数段速い上に見えにくい。

俺はとっさに剣でガードすると、キクジロウがこちらに飛び込んでくる。

「それなら……はあぁっ!!」

「なっ!?　炎が!?」

剣に魔力を込めた瞬間、炎が吹き上がった。

迸《ほとばし》る熱気、舞い散る火の粉。

危うく炎に巻かれそうになったキクジロウは、たまらず目を剝《む》くとすぐに俺と距離を取る。

「……驚いた！　魔術と剣術を組み合わせるのか！」

「面白《おもしろ》いでしょ？」

「だが、小手先の技では拙者には勝てんぞ！」

再びかまいたちを放ってくるキクジロウ。

真空の刃が頰《ほお》を掠《かす》め、うっすらと傷がついた。

おいおい、さっきよりもさらに速くなってないか……？

これを掻《か》い潜《くぐ》ってキクジロウと距離を詰めるのは、かなり難しそうだ。

「まだまだ！　青天流・五月雨!!」

「くっ⁉」

弧を描くように刀を振るうキクジロウ。

直後、俺の全身を不可視の刃が襲った。

まずいな……！

威力は皮膚を斬る程度でしかないが、あまりにも速くあまりにも多い。

これでは距離を詰めるどころか、全く身動きが取れない。

ガードを解けば、たちまち体中が血まみれになってしまうだろう。

「これは、ジーク選手が押されているようです！　果たして挽回《ばんかい》できるのか!!」

声を張り上げる司会者。

控室の方へと目を向ければ、クルタさんたちも心配そうな顔でこちらを見ている。

どうにかしてこの状況を覆さなければ。

だが、飛撃で遠距離戦に持ち込んだとしても手数で負けるだろう。

加えて、東方の侍は総じて身軽で動きが速い。

速度で劣る飛撃では、回避される確率がかなり高いな。

「こうなったら……天歩《てんほ》!!」

「上からか！」

石畳を蹴《け》り、俺は空へと飛び出した。

キクジロウが狙《ねら》いを合わせてくる前に、距離を詰め切る!!

俺はさらに空中を蹴ると、一気に加速した。

大気を貫く様は、さながら雷の如《ごと》く。

しかし、対するキクジロウも冷静だ。

俺の着地点を読み、後ろに退く――。

「まだまだっ!!」

「なにっ!?」

着地する瞬間、剣に炎を纏《まと》わせ魔法剣を放った。

閃光《せんこう》、爆発《ばくはつ》。

たちまち強烈な反動が身体に襲い掛かり、重力が反転する。

こうして吹き飛んだ先は、キクジロウのいる方向であった。

「馬鹿《ばか》な⁉」

「おりゃあああっ‼」

懐《ふところ》に飛び込み、剣を振り抜く。

——入った‼

俺の剣はキクジロウのガードを抜けて、彼の着流しを切り裂いた。

だが、致命傷を与えるまでには至らなかったらしい。

空高く打ち上げられたキクジロウだが、そのまま猫のようにきれいな着地を決める。

「……惜しい！」

「油断した、思わぬ手を使うな」

額に浮いた汗を拭うキクジロウ。

その表情からはすっかり余裕が消えうせ、焦《あせ》りが感じられた。

よし、流れが大きくこっちに傾いてきたぞ……‼

観客たちの声援も大きくなり、風が吹いてきたのを感じる。

「このまま一気に……！　炎よ‼‼」

高まる魔力、燃え上がる剣身。

キクジロウが態勢を整える前に、俺は最大威力の魔法剣を放つことにした。

立ち上る火柱が天を焦がし、熱気が肌を焼く。

そして――。

「豪炎斬《ごうえんざん》‼‼」

「奥義・鏡返し‼」

炎を纏った巨大な斬撃。

さながら火の鳥のようなそれが、キクジロウに襲い掛かった。

だがその瞬間、目を疑うような光景が出現する。

「嘘《うそ》っ⁉」

俺が放った炎の斬撃が、こちらに向かって跳ね返ってきたのだ。

さながら、光が鏡に反射したかのようである。

「くっ‼」

かき消すならともかく、こちらに返してくるなんて！

あまりに予想外の展開に、俺はわずかながら反応が遅れてしまった。

しかし、自分で放った技で倒れるわけにもいかない。

とっさに風の魔力を纏うと、炎と斬撃の威力をどうにか殺す。

「……まさかこんな技があるなんて」

吹き飛ばされながらも、俺は何とか舞台上に踏みとどまった。

けどまずいな、肋骨《ろっこつ》が一本持っていかれたか……。

肺を焼くような鈍痛に、たまらず表情が歪《ゆが》む。

後でポーションを飲めば治る範囲だが、戦闘への支障は大きい。

痛みによって、少なからず集中を乱されてしまう。

けれど、キクジロウも無傷とはいかなかったようだ。

「くっ……！　やはり拙者の腕では……！」

技をそのまま跳ね返すなど、相当に無理があったのだろう。

キクジロウの右腕が傷つき、裂けた肌から血が流れ落ちる。

骨は折れていないようだが、かなりの深手だな。

キクジロウは袖《そで》をちぎって包帯の代わりとするが、すぐに血で赤く染まる。

こちらもかなり重傷だが、これで勝負はわからなくなったな。

俺がそう思った瞬間、キクジロウが司会者の方を見ながらスッと手を上げた。

「……負けだ。この勝負、拙者の負けでよい」

「おおっと‼︎　これは驚きの展開だぁ‼︎　降参、まさかの降参宣言です‼︎」

「なっ！　ここで⁉」

予期せぬ行動に、俺はたまらずキクジロウに詰め寄っていった。

確かに、彼は重傷だ。

試合続行が困難と判断するのもわからないではない。

だが俺だって、骨を一本持っていかれてしまっている。

そのことにキクジロウも気付いているはずだ。

まだ十分に勝機はあるというのに、どうしてここで諦《あきら》めてしまうのか。

俺が疑問を投げかけようとすると、キクジロウはスッと手で制して言う。

「後で話がある。時間を空けておいてくれ」

「……わかった」

思いがけないほど冷静なキクジロウ。

そのどこか冷めたようにすら感じられる言葉に、俺はゆっくりと頷《うなず》いた。

これ以上、勝負を続けても意味がないということが感覚的にわかったためである。

キクジロウの思考は既に、俺と決着をつけること以外に向けられているようだった。

「ジーク選手、キクジロウ選手の宣言を受け入れました！　決着であります‼」

急展開に、反応が遅れる司会者。

彼が高らかに宣言すると同時に、それまで様子を見ていた観客たちも騒ぎ始める。

中には、半ば棄権したキクジロウに対して怒り出す者までいた。

恐らくは、キクジロウに賭《か》けていた者たちだろう。

しかし、そこかしこから聞こえてくる怒号の数々もどこ吹く風。

キクジロウは司会者に軽く会釈をすると、すぐに控室へと戻っていく。

「……話したいことって、何だろう？」

俺もまた、キクジロウに続いて控室に戻っていった。

するとたちまち、クルタさんたちが声をかけてくる。

表情を見る限り、彼女たちも試合の展開に困惑しているようだった。

「ねえ、いったいどういうこと？　何か話してたようにも見えたけど」

「うん。あとで話したいことがあるって」

「……もしかすると、ゴダートに関することかもしれんな」

そう言って、キクジロウの方へと視線を向けるライザ姉さん。

彼女もまた、キクジロウがゴダートに殺気を放っていたことに気付いていたらしい。

まぁ、あれだけ気配を放っていれば当然といえば当然か。

むしろ、今はそのことよりも……。

「……あたた！　ポーション貰《もら》えますか？」

「ちょっと待ってて！　すぐに係員さんから貰ってくる！」

「まったく。あの程度の相手に骨を折られるとは情けない」

「そうはいったって、技を跳ね返してくるなんて予想できないよ」

「だとしても、お前の反応が速ければ避けられたはずだ」

そう言うと、姉さんはその場でサイドステップを踏み始めた。

その動きは驚くほどに速く、やがて残像が見えると同時に風切り音が聞こえた。

……これを俺にもやれということか？

いや、とっさにこんな動きができるのはライザ姉さんぐらいだろう。

俺もいくらか時間をかければ加速はできるが、いきなりこの速度は無理だ。

明らかに人間の反射速度を超えている。

「はい！　えへへ、一番いいやつを貰ってきたよ！」

やがてクルタさんが、ポーションを手に戻ってきた。

俺はすぐさま彼女から瓶《びん》を受け取ると、中に入っていた青い液体を飲み干す。

ポーション独特の不自然な甘ったるさが、たちまち口の中を満たした。

……流石に、ファム姉さんの作る聖水と比べると質は落ちるな。

だが、クルタさんの言う通り、かなりいいものではあるらしい。

身体全体がじんわりと温かくなり、脇腹《わきばら》の痺《しび》れるような痛みが弱まっていく。

「……ふう、これで何とか治りそうだ」

「今日のところは早く休むのだな。明日の準決勝の障りになる」

「もちろん。キクジロウから話を聞いたら、たっぷり食べて寝て体力を回復させないと」

こうして一息ついたところで、俺はふとあることに気付いた。

……あれ、アエリア姉さんが来ていない？

アエリア姉さんの性格からして、俺が怪我《けが》をすればすぐに様子を見に来るはずなのに。

貴賓席で、何かトラブルでも起きたのだろうか？

いや、たとえそうだとしてもこっちにすっ飛んでくるはずだよな……。

昔、俺が風邪《かぜ》を引いたときには国王様との面会をキャンセルして家に残ったぐらいだし。

「アエリア姉さんって、試合中とか様子を見に来た？」

「いや、そういえば見てないな。ノアが怪我をしたというのに、妙だな……」

「確かに。アエリアさんの性格的に、すぐ乗り込んできそうだよね」

クルタさんの言葉に、うんうんと頷くロウガさんとニノさん。

彼らはきょろきょろと周囲を見渡すが、一向にアエリア姉さんが姿を見せる気配はない。

……いったい、アエリア姉さんに何があったんだ？

ここにきてようやく、俺たちは姉さんに何か異変が起きたことを察知したのだった。

閑話

第十一回お姉ちゃん会議

「三人しかいないけど、そろそろ始めましょうか」

時はわずかに遡り、大剣神祭の本選が始まる前のこと。

ウィンスター王国の王都にあるノアの実家に、アエリアとライザを除く姉妹が集まっていた。

毎度お馴染《なじ》みのお姉ちゃん会議である。

今回はアエリアが不在であるため、代わりにシエルが取り仕切っていた。

「エルバニアだと、そろそろ大剣神祭の本選が始まったころかしら?」

「ん、時間的にはそう」

「……アエリア、連絡よこさないわねえ」

姉妹を代表してエルバニアに向かうこととなったアエリア。

通信球を使って家に中継すると約束した彼女であったが、昨日から連絡が途絶えていた。

ノアの実力からすれば、本選に出場していることはまず間違いないはずなのだが……。

いったい何がどうなっているのか、姉妹たちは気が気でない。

「通信球が故障したのでしょうか?」

「アエリアのことだから、必ず予備を用意してるはずよ。それはないわ」

「アエリアの身に何かあった？」

「うーん、それもまずないと思うわよ。国賓待遇だから警備は厳重なはずだし」

今回、アエリアは大剣神祭のスポンサーとして出かけている。

その身柄は大会の主催であるエルバニア王国がきっちりと保護しているはずだ。

危険な場所に赴くような性格でもないため、アエリアの身に何かが起きたとは考えにくい。

「こんなことなら、無理してでもチケットを買えば良かったわ」

「買える当て、あったの？」

「あったり前よ。あちこち伝手《つて》を辿《たど》ればなんとかなったはずだわ。むしろ、エクレシアの方こそこっそり買って出かけると思ってた」

エクレシアの方を見ながら、からかうように微笑《ほほえ》むシエル。

上流階級層に多くの顧客を抱えるエクレシアは、その内向的な性格に反して顔が広かった。

そのため、大剣神祭のチケットといえども手に入れることはできたはずなのである。

するとシエルは、しょんぼりとした様子で肩をすくめる。

「買おうとしたけど、吹っ掛けられた」

「へえ、いくらだったの？」

「一千万ゴールド」

「うわ、流石《さすが》にそりゃ払いたくないわね」

エクレシアの言葉に、たまらずシエルは顔をしかめた。

いくら大剣神祭のチケットが高いといえども、それは流石にやりすぎであった。

しかし、エクレシアはブンブンと首を横に振る。

「一千万なら払った。けど、すぐに払うって言ったら今度は二千万って」

「あんた、いろいろと大丈夫？　金銭感覚もそうだし、カモにされてそうだし」

「ちなみに、それを言った人はどなたなんです？」

「王様」

「……そりゃ、聞いたあんたの方が悪いわ」

怖いもの知らずが過ぎるエクレシアに、シエルはやれやれと肩をすくめた。

可愛《かわい》いノアのためとはいえ、まさか王様に頼みに行くとは。

シエルにはある意味でできない芸当である。

「しっかし、アエリアはほんとにどうしたのかしら？　これじゃ何にもわからないじゃない！」

「ですね。中継してくれる約束でしたのに」

机の上に鎮座する通信球。

先ほどから何の反応も示さないそれに、シエルは苛立《いらだ》ちをあらわにした。

やがて彼女は球の側面をポンポンと叩《たた》き始めるが、やはり変化はない。

第11回
お姉ちゃん会議

むしろ、硬い水晶球を叩いたせいで少し手が痛かった。

「アエリアはエルバニアに良からぬ噂《うわさ》があると言っていましたが……。やはり、何か起きたのかもしれませんね」

「そういえば、その件についてだけど……。最近、コンロンが魔導具を買い漁《あさ》っているから売らないようにって連絡が来たのよね」

「あら？　あの商会が魔導具を買い漁るのはいつものことではありませんか？」

シエルの言葉に、いささか怪訝《けげん》な顔をするファム。

武器商人が本業であるコンロンだが、その品揃《しなぞろ》えは幅広く魔法を使った兵器の類《たぐい》も取り揃えている。

その彼らが魔導具を買い集めているのは、日常業務といってよかった。

するとシエルは、言葉が足りなかったとすぐに付け加える。

「それがね、魔導具であればクズみたいな三級品でも買っていくのよ。かなりの高額でね」

「そんなものを買い集めて、いったいどうするのでしょう？」

「さあ？　魔石を取り出すにしては効率が悪いし。転売するにしても、利益《りえき》なんて出るとは思えない。何をするつもりか、どうにもわからないのよ」

賢者の頭脳をもってしても、コンロンの思惑は読み切れないらしい。

シエルはさっぱりダメとアピールするように、両手を上げた。

それを見たファムも頭を捻《ひね》るが、心当たりなどあろうはずがない。

「こうなったら、私たちもエルバニアに行くしかないかもしれませんね」

「そうはいっても、流石に今からじゃ大会に間に合わないわよ」

「ううん……！　もどかしいですね……！」

危機に見舞われるノアの姿を想像して、居ても経《た》っても居られなくなるファム。

彼女は椅子《いす》から立ち上がると、そのまま部屋の中を右往左往し始める。

その聖女らしからぬ憔悴《しょうすい》しきった様子に、シエルはまあまあと落ち着くように促す。

「騒いだって仕方ないわ。それよりも、私たちはひとまずコンロンについて調べてみましょ。やっぱり何か絡《から》んでいる気がするのよ」

「……わかりましたわ。やれる範囲でやってみましょう」

こうして姉妹たちは、大会の背後で蠢《うごめ》く武器商人コンロンについて調べ始めるのだった。

第八話

因縁

「そうですか、やっぱりいない……」

試合終了から小一時間後。

ポーションによってある程度回復した俺《おれ》は、クルタさんたちと共に貴賓席を訪れていた。

ライザ姉さんの顔が利いたため、一般人の俺たちでも入れてもらうことができたのである。

そこでまだ詰めていた警備兵に話を聞いたものの、残念ながらアエリア姉さんの手掛かりは得られなかった。

「少なくとも、私がいる間にそれらしき人は見なかったかな」

「いつごろから詰めていたんですか？」

「えっと、第二試合が始まったころかな」

「そうなると、最初からいなかったのかもしれないな」

警備兵の言葉に、うーんと渋い顔をするライザ姉さん。

開会式と第一試合だけを貴賓席で見たというのも、確かに考えにくい。

それならば朝からいなかったとする方がよほど自然だ。

これはいよいよ、事件が起きたとみてまず間違いないだろう。

けれど、いったいどうしてアエリア姉さんが……？

「そういえば、アエリアさんってジークの出場を辞めさせるようなこと言ってたよね？　それと何か関係があるんじゃない？」

「手掛かりといえばそれぐらいだが、いったい何をしようとしたのか……」

「ひょっとして、大会を主催した第一王子に働きかけようとして捕まえられたとか？」

そうに違いないとばかりに、声を大きくするニノさん。

可能性としては、一番高そうな気はするけれど……。

怪しい噂《うわさ》があるとはいえ、仮にも一国の王子がそのようなことをするだろうか。

まして、姉さんは各国の王侯貴族ともつながりの深い大商人である。

それを捕まえるなんて、相当にリスクが高いはずだ。

「……うーん、とりあえず支店を訪ねてみますか」

「それしかないな。場所はわかるか？」

「ええ。だいたいは」

こうしてフィオーレ商会の支店を訪れることにした俺たちは、貴賓席を後にした。

すると控室の前を通りかかったところで、呆《あき》れたような声で呼び止められる。

「おい、どこに行っていた？」

「あ、キクジロウさん」

振り返れば、声の主《あるじ》はキクジロウであった。！

……ああ、しまった！

そういえば、後で話があるって言っていたなアエリア姉さんのことですっかり忘れてしまっていたが、試合の直後にきちんと約束したのである。

「すいません、ちょっと今は話どころじゃなくて」

「どうかしたのか？」

「実は、観戦に来ていたはずの姉が行方《ゆくえ》不明で……」

俺がそう言うと、キクジロウの眉間にスウッと深い皺《しわ》が寄った。

彼は周囲に俺たち以外の人間がいないことを確認すると、そっと顔を寄せて言う。

「ひょっとして君の姉は……長い金髪で、派手なドレスを着ていたか？」

「……ええ、そうですよ」

「ならばその者、昨夜、ゴダートの宿屋の前ですれ違ったぞ」

「ほんとですか⁉」

思わぬ情報に、俺は大きな声で聞き返した。

その勢いにキクジロウは少し動揺するが、すぐに落ち着いた様子で言う。

「嘘《うそ》などついてどうする。昨日、ゴダートの宿から帰る時に見た」

「……ひょっとすると、一番厄介そうなゴダートに直接話を付けに行ったのか？」

「あり得るね。ゴダートは第一王子に金で雇われてるだろうし、もっとお金を積めば出場を辞退してくれるって考えたとか」

ピッと指を立てながら、自身の仮説を述べるクルタさん。

確かに、昨日の雰囲気ならそれは十分にあり得るな……。

王子がどれだけの金で雇っていたかはわからないが、アエリア姉さんならたとえ倍額でもすぐに出せるはずだし。

金で解決できるのならば、ちょっと下品ではあるがやらない理由があまりない。

「それでゴダートのところに行って、捕まったってことか」

「うん。アエリアさんを人質にすれば、リスクはあるけどもっとたくさんお金を取れるって思ったんじゃない？」

「お金が欲しいなら、そういう発想はあり得ますね」

「となると、うまいことゴダートからアエリアさんを取り戻さなきゃならねえってことか」

腕組みをして、困った顔をするロウガさん。

あの抜け目のないゴダートから姉さんを取り戻そうと思ったら、相当に大変そうだ。

試合ではないので、ライザ姉さんの力を借りることもできるが……。

仮にそうだとしても、決して油断はならないだろう。

さて、どうしたものか……。

俺が頭を悩ませていると、キクジロウがやれやれとした口調で言う。

「ゴダートと事を構えるつもりなら、拙者の話を聞け。決して無駄にはならんはずだ」

「……そういえば、キクジロウさんはゴダートにやたらと敵意を燃やしてましたね」

「ああ、そのあたりも含めて説明しよう。こっちへ来い」

そう告げると、キクジロウは俺たちに控室の中へ入るように促した。

そして外から見られない個室へと俺たちを誘導すると、さらにしっかりと扉に鍵《かぎ》をかける。

よほど聞かれたくない話なのだろう、ずいぶんと厳重だ。

「……それで、話とは何なのだ？　ゴダートとそなたとは何の関係がある？」

じれったくなってきたのだろう。

キクジロウが戸締りを確認したところで、ライザ姉さんが口火を切った。

するとキクジロウは深呼吸をして、わずかに逡巡《しゅんじゅん》したのちに語り出す。

「あの男はもともと、拙者の兄弟子でした。それが師を殺し、技を奪って大陸へと逃げたのです。名も、本当はゴロウタという」

「ゴロウタ……ですか」

思いがけない衝撃的な告白。

それに驚きつつ、俺は嚙《か》みしめるようにゆっくりとゴダートの本当の名を繰り返した。

言われてみれば、ゴダートの風貌や話し方はどことなく東方風だったような気もする。

しかし、東方の剣士がなぜ名前を変えて大陸で暴《あば》れ回っているのか。

そこには何かしらの深い事情がありそうであった。

「拙者たちはもともと、東方はアキツの国の山奥で剣を極めようとしておりました。弟子は拙者を含めてわずかに数名。皆で一つ屋根の下、家族のように暮らしておりましたよ。それが今からおよそ十年前、拙者が十を迎えたばかりのころ。突然、ゴロウタが師を手にかけ奥義書を奪って逃げたのです」

「いったい、奴《やつ》はなぜそのようなことを……？」

「わかりませぬ。その理由について、何も語ろうとはしませんから。ただその後、ゴロウタは人が変わったように戦いを求めるようになりました」

……人が変わったように？

キクジロウの言葉に、俺たちは少し引っ掛かりを覚えた。

昔のゴダートは、今とは全く別の人格を持っていたとでもいうのだろうか。

するとその疑問に答えるように、キクジロウはさらに続けて語る。

「もともと、ゴロウタはとても温厚な男でした。師からの信頼も厚く、本当なら今頃《いまごろ》は奥義を伝授され流派を継いでいたでしょう。拙者も、実際にあの者が師を刺している姿を見なければとてもとても人を殺《あや》めるなどとは……」

「何かに操《あやつ》られている……？　いや、でもゴダートからはそんな気配は感じなかったな」

「ええ、自然体に見えましたね」

とっさに洗脳などの可能性を考えたが、ゴダートからは特に怪しい魔力など感じなかった。

本人の意思で動いていることは恐らく間違いないだろう。

まあ、事件が起きた時はだいたい「あの人がそんなことするなんて」って声が上がるものだからなぁ……。

そこまで不自然というわけでもないか。

「それよりも、問題はゴロウタが奥義書を盗んだことです」

「奥義っていうと、技を跳ね返すやつのこと？」

先ほどの試合を思い返しながら、尋ねるクルタさん。

するとキクジロウは、苦々しい顔をしつつもゆっくりと頷《うなず》く。

「はい。ゴロウタはあの技を完璧《かんぺき》に使いこなすことができるはずです」

「完璧にということは、反動もないのか？」

ライザ姉さんは目を細め、怪訝《けげん》な表情で尋ねた。

するとキクジロウは、ためらうように間を空けながらもゆっくりと首を縦に振る。

「反動があったのは、拙者の未熟さゆえ。ゴロウタならば技の威力をそっくりそのまま返して負担もほとんどないでしょう」

「おいおい、そりゃとんでもねえな……」

「迂闊《うかつ》に攻撃すれば自滅というわけか」

渋い顔をするライザ姉さんたち。

俺もまた、困ったように腕組みをした。

あの技の恐ろしさは、実際に食らったことのある俺が一番よくわかっている。

もし何のリスクもなくあの技を繰り出せるとするならば……。

こちらも何かしらの対策を用意しなければ、敗北はほぼ確実だろう。

「弱点とかはあるの？　あるんだよね？」

クルタさんが、半ばすがるようにキクジロウに尋ねた。

俺の表情を見て、このままでは勝てないということを察したらしい。

するとキクジロウは、申し訳なさそうな顔をしながらも首を横に振る。

「わかりません。仮にあるとしても、いまそれを知っているのはこの世でただ一人、ゴロウタだけなのです。他の弟子に技を伝授する前に、我らの師は殺されてしまったので……」

「対抗策はないかもしれねえし、あるとしても奴自身が独占してるってことかよ」

「ええ……。師の遺した資料から何とか手掛かりを探ろうとはしたのですが……」

想像していたよりも、事態は悪い方向に流れているかもしれない。

大技を出せば反射されてしまう状態で、あのゴダートにどうやって勝つのか。

この難題に対する解決策は、剣聖であるライザ姉さんもすぐには思いつかなかったらしい。

彼女は額に指を当てると、今までにないほど険しい顔をする。

「こうなると、魔法剣に頼らずにいくしかないな」

「……どうしてですか？」

「魔法剣は出すのにわずかながら時間がかかる。奴に反射する隙を与えないよう、今回は封印するしかあるまい」

「うーん、でもそれだと……」

ライザ姉さんの立てた作戦は、流石《さすが》に堅実なものだった。

けれど、純粋な剣の技量ではやはりゴダートに分があるだろう。

その作戦で本当に勝てるのだろうか？

俺がうーんと唸《うな》り始めると、さらに追い打ちをかけるようにキクジロウが告げる。

「それはやめた方が良いかと」

「どうしてだ？」

「ゴロウタはもともと、速さを売りにした剣客なのです。奴はまだ、この大会でその真価を見せていない。そもそもあの男の本来の得物は、刀なのです」

「刀……⁉　刀って、その腰に差している刀と同じものですか？」

思わず、素《す》っ頓狂《とんきょう》な声を出してしまう俺。

ゴダートがいつも使っている大剣と刀とでは、全く性質が異なる。

もちろん大剣の方が優れている部分も多いのだが、とにかく重い。

刀を使う者からしてみれば、使いづらくて仕方がないはずなのだ。

しかし、キクジロウは俺の予想に反するように力強く頷く。

「その通りです。しかも、細身の刀を好んで使います」

……これはいよいよ、厄介なことになってきたぞ。

思わず頭を抱えそうになった俺たちに、キクジロウは深々と頭を下げて言う。

「どうか、ゴロウタを止めてください。拙者も師の刀を手にここまで来たのですが、やはりあの者には及ばないでしょう。どうか、お願いします」

「……わかりました。もともと、ある方との約束であの者を倒すと言っているのです。引き受けましょう」

こうして俺たちが戦う理由が、また一つ増えたのだった。

第九話

闇への誘い

「どうしたものかねぇ……」

闘技場から宿へと戻る道中。

先頭を歩くロウガさんが、困ったようにつぶやいた。

それに同意するように、ライザ姉さんもまた疲れたように息を吐く。

剣聖である彼女には珍しい、弱気な態度だ。

「……こうなったら、戦っていく中で弱点を探るしかないな」

「うん。どんな技だって、完全ではないはずだからね」

「あのキクジロウが攻略法を見つけられなかったあたり、完成度は高いようだがな」

そうつぶやいたところで、ライザ姉さんはふと足を止めた。

どうしたのかと思って前を見れば、宿の前に黒いフードを被った人物が立っている。

周囲をうかがうようなその様子は、間違いなくメルリア様だった。

「驚いた。またいらしたのですか？」

「ええ。とりあえず、中に入りましょう」

急いでいるのか、そそくさと宿の中に向かうメルリア様。

すぐさま俺《おれ》たちも彼女に続いて宿に入ると、そのまま部屋へと向かう。

そしてすぐに部屋のドアを締め切ると、周囲に誰《だれ》もいないことを確認した。

「こっちは大丈夫そうだよ。窓の外は？」

「特に誰もいませんね」

「ふう……まずは一安心だな」

ほっと一息ついたライザ姉さん。

しかし、表情を緩めたのも束《つか》の間《ま》。

彼女はすぐに険しい顔をしてメルリア様との距離を詰める。

「前にも言ったでしょう？　一国の姫が、軽々しく一人で行動なさらないでください」

「私の立場はわかっています。ですが、どうしてもお知らせしたいことがありまして」

「……いったい何なのですか？」

「シュタインが昨日から姿をくらませたのです」

アエリア姉さんに続いて、シュタイン殿下までもがいなくなった？

ひょっとして、アエリア姉さんの失踪の裏にはゴダートだけではなく殿下も絡《から》んでいるのだろうか？

けれど、いったいなぜ殿下がアエリア姉さんを攫《さら》う必要がある？

これから国王の座を得ようとする人物が、そんなリスキーなことをして何になるというのだ？

　俺は少し混乱しつつも、メルリア様にこちらの事情を説明する。

「そうですか。実は、こちらも昨日からアエリア姉さんが行方《ゆくえ》不明で。ゴダートとの関連が疑われているのです」

「えっと、どなたのことでしょう？」

「フィオーレ商会の会頭です。メルリア様も会ったことがあるかと」

「ああ、あのアエリア様ですか！　言われてみれば、大会を観戦すると言っておられたのに今日は姿を見ませんでしたね」

　思い出したように首を傾《かし》げるメルリア様。

　やはり彼女もまた、アエリア姉さんの行方については知らないようである。

　だがこれではっきりした。姉さんは間違いなく何かしらの事件に巻き込まれている。

　王女に観戦すると約束しておいて、顔を出さないような不義理は絶対にしないはずだ。

「恐らくは、アエリアの失踪もシュタイン殿下が行方をくらませたことと何かしら関係があるはずです。殿下が行きそうな場所などに、心当たりはありませんか？」

「それが、むしろ多すぎるぐらいで……。既に叔父上の指示で、兵士たちが捜索に出ておりますし」

「では、シュタイン殿下が姿をくらませる前に何か変わったこととかはありませんでした？」

「実はそのことについてなのですが、かなり重大なことがありまして」

最初からそれを伝えるつもりだったのだろう。

メルリア様は軽く息を吸うと、一拍の間を置いた。

そしてどこか重々しい口調で告げる。

「叔父上が、ゴダートの人格と行動を問題視しまして。仮に優勝しても、剣聖として認めるか保留したいと言い出したんですよ」

「え？　けど、大剣神祭に優勝すれば必ず剣聖になれるはずですよね？」

大剣神祭に優勝した者は剣聖を名乗る資格が与えられる。

これは大会の絶対的なルールであるはずだった。

それが覆されたなんて話、今までに聞いたことが無い。

ライザ姉さんもそう思っていたらしく、意外そうな顔をしていた。

しかし、メルリア様はゆっくりと首を横に振る。

「それが、大会のルールをもう一度詳しく確認したところ国王に拒否権があったようなのです。現在までに発動されたことは一度もないのですが、ルール上は可能なようでして」

「おいおいそりゃまた……前提が完全にひっくり返っちまうじゃねえか」

「はい。兄上も全く予想外だったようで、激高していましたよ。ですが叔父上は国王の権利ということで一蹴されて」

なるほど、それで行方をくらまして何かしらの手段を取ろうとしているということか。

けど、そもそもシュタインはゴダートを剣聖にして何がしたかったんだ？

確かに剣聖を自らの手駒とすることができれば、国王就任の大きな助けとなるだろう。

だが、そのためだけに早期の大会開催を無理やりに強行したとも思えない。

それ以上の理由が何かあるはずなのだが……。

「いよいよややこしくなってきたね」

「けど、ひょっとしたらゴダートの奴も撤退するかもしれないぜ？　剣聖になれねえなら、もう大会に出る理由もねえだろうよ」

「逆にまずいのでは？　ゴダートが試合に出場しなかったら、アエリアさんの手掛かりが途絶えてしまいます」

「ああ、それもそうか……」

ニノさんに冷静な突っ込みを入れられ、考え込んでしまうロウガさん。

今となっては、ゴダートが大会に出てこないのもそれはそれで困る。

試合に勝利して、アエリア姉さんの行方を聞きださなければならないのだから。

「どうする？　今のうちにゴダートの宿に行って、身柄を押さえるか？」

「こうなると、そうするしかないかもですね」

俺がそう言ったところで、いきなり部屋のドアが叩《たた》かれた。

こんな時に、いったい誰だ？

メルリア様が部屋にいるということもあって、にわかに緊張感が高まる。

「……なんですか？」

「宿の者ですが、手紙が届きましたので」

「手紙？」

「はい。すぐに渡してくれと」

ドアの向こうから聞こえてくるやや甲高い声は、宿で働く少年のものだった。

既に何度か挨拶《あいさつ》をしているので、聞き覚えがある。

俺は念のためメルリア様を奥に庇《かば》いつつも、ゆっくりとドアを開いて手紙を受け取った。

「……何だか、ずいぶんといい紙ですね」

蜜蠟《みつろう》でしっかりと封の為《な》された手紙は、手にしっとりと馴染《なじ》むようで高級感があった。

それを見たメルリア様が、たちまち声を上げる。

「その蠟に押された印は兄上のものです！」

これは、思わぬ方向に話が転がり始めたな。

その場にいた誰もが、とっさに息を呑《の》むのだった。

――○●○――


「さっそく開けてみましょう」

シュタイン殿下の印が押されていると聞いて、俺はやや緊張しながらも封を開いた。

そして手紙を取り出すと、皆に文字が見えるように広げる。

「えっと……。アエリアの身柄は預かった。明日の朝までに闘技場の地下に来られたし……ですか」

「やっぱり、アエリアさんは奴《やつ》らの元にいるってことだね」

「よし、そうと決まればさっそく行くぞ！　ぐずぐずしてはおれん！」

さっそく、部屋を出て行こうとするライザ姉さん。

普段は言い争いをすることも多い姉さんたちだが、やはり血のつながった姉妹である。

その身柄を相当心配していたのか、珍しく焦《あせ》っているようであった。

取るものもとりあえず動き出した彼女を、俺は慌てて制止する。

「ちょっと待って、罠《わな》かもしれない！　それに、あの闘技場に地下なんてあったっけ？」

「む？　言われてみれば……私も聞いたことがないな」

「……いえ、あります。厳重に封鎖されていますが、闘技場の下には大きな洞窟があるのです」

意を決するように、ゆっくりと告げるメルリア様。

それを聞いたライザ姉さんは、少し驚いたように目を丸くする。

「そのようなこと、剣聖の私も初めて聞きましたが」

「王族ですら原則として立ち入り禁止なのです。しかも、どうして禁止なのか記録すら残されていなくて」

「記録すら？」

「はい。ただ、先代の時代に一度だけ調査が行われたことがございまして。その時は、特に異変などはなかったそうなのです。一応、古い遺跡があったようですが、どういったものなのかはわからなかったそうで」

異常はなかったといっても、どうにもキナ臭い話だな……。

やはり、古い遺跡というものの存在がどうにも気になる。

のこのこと出かけてしまって、本当に大丈夫なのだろうか。

最悪、殿下はよくわからない洞窟に俺たちを閉じ込める気かもしれない。

俺は意見を求めるように、みんなに目配せをした。

するとクルタさんが、意を決するように言う。

「行くしかないんじゃないかな？　他に手掛かりもないし。たぶん、この状況ならゴダートも明日の準決勝には出てこないだろうしね」

「私もお姉さまの意見に賛成です。多少のリスクは取るべきかと」

「そうですね。じゃあ、クルタさんたちはここでメルリア様を保護していてください。俺と姉さんで行ってきます」

「ボクも行かせてよ。洞窟探索になったら、冒険者経験の長いボクが得意なはずだよ」

どこからともなくナイフを取り出し、クルクルッと回してみせるクルタさん。

確かに狭い場所での戦闘となればナイフ使いの彼女が有利だろう。

加えて、サバイバルの知識もいろいろと心得ている。

洞窟内で何かあったときに助けとなってくれるのは間違いなさそうだ。

「恐らくですが、兄上は私にはまだ手を出してこないと思います。ですので、護衛はお二人がいれば十分です」

「おう、任せとけ！　王女様は俺が命に代えても守るさ」

「騎士にでもなったつもりですか？」

「男ってもんはな、生まれた時から女を守る騎士なんだよ」

「……うわぁ」

気障《キザ》っぽいセリフを言うロウガさんから、ニノさんがスゥッと距離を取った。

それに合わせるように、クルタさんや姉さんも一歩下がる。

「おいおい、そんなに引くなよ！」

「そうです。夢見るのは自由なのですから、批判はいけませんよ」

「……王女様のフォローが、何故《なぜ》か一番効いたぜ」

「えっ⁉」

胸を押さえ、大袈裟《おおげさ》な仕草で痛がるロウガさん。

彼の様子を見て、メルリア様はわたわたと慌て始めた。

……こんな時まで騒々しいのだから。

俺はやれやれとため息をつきつつも、少しばかり心がほぐれたような気がした。

「……とりあえず、行きますか。アエリア姉さんを迎えに」

「ああ、急ごう」

「闘技場の地下へは三番通路の奥から入れます。この時間帯ならば警備もいないはずです」

「ありがとうございます」

メルリア様の言葉に頷くと、俺たち三人はそのままゆっくりと部屋を出た。

こうして闘技場へと向かって走りだすと、すぐに何やら異様な気配が伝わってくる。

これは……冷気か何かか？

足元がひやりとして、背筋がぞくりとした。

「嫌な気配だな」

「ええ、地下から来ている……？」

「やっぱり、例の洞窟には何かありそうだね」

胸騒《むなさわ》ぎを覚えつつも、さらに急ぐ俺たち。

するとやがて、街並みの奥に闘技場が見えてきた。

その黒々とした姿は威圧感があり、昼に見るのとは全く印象が異なっている。

月影に照らされた大きな石壁は、どこか物悲しい色を帯びていた。

「……魔力を感じる」

「本当か？」

「うん。これは……真の魔族って奴に似てる？」

数か月前、ララト山で対峙《たいじ》した真の魔族を名乗る存在。

闘技場の周囲に漂う魔力は、あの禍々《まがまが》しいものによく似ていた。

それを聞いたライザ姉さんは、たちまち表情をこわばらせる。

「もしあれが関《かか》わっているなら、相当にまずいな」

「ねえ、真の魔族って？」

「ララト山での一件の黒幕ですよ。まさか、他にもいたなんて」

とにかく、一刻も早く洞窟へと向かわなければ。

アエリア姉さんは、俺たちが思っていたよりも厄介な事態に巻き込まれているかもしれない。

俺たちは改めて気を引き締めると、メルリア様に教わった三番通路へと急ぐのだった。

第十話

封印

「これは……穴……？」

闘技場の三番通路。

その奥にある分厚い扉を開くと、たちまち大きな空間が広がった。

闘技場にもともとあったスペースらしく、古びた壁は一部が風化している。

そして土がむき出しの床には大きな穴が開いていた。

さながら井戸のようなそれは、明かりを差し入れても底が全く見えない。

「うわ、何だか気味が悪いね……」

「ああ。だが、地下への入り口はここしかないようだな」

「こいつを使うみたいですよ」

穴には縄梯子《なわばしご》が掛けられていた。

手にしてみると存外しっかりとしていて、引っ張っても千切れるような気配は全くない。

さらに埃《ほこり》もついておらず、最近使われたような形跡がある。

「じゃあ、ボクから行くね。よいしょっと！」

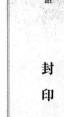

腰に魔石のランプを吊《つ》り下げ、先陣を切るクルタさん。

流石《さすが》はAランク冒険者というべきか。

深い闇《やみ》の中をスルスルと下りていき、瞬く間にその姿が小さくなった。

「着いたよ！　次！」

「私が行こう」

「気を付けてね。姉さん、重いから」

「……なっ！　お、重い⁉」

「だって、鎧《よろい》を着てるじゃないか」

俺《おれ》がそう言うと、ライザ姉さんはやれやれと呆《あき》れたように息をついた。

……あれ、そんなに気に障るようなこと言ったっけ？

俺が首を傾《かし》げていると、穴の底から早くしろと声が聞こえてくる。

わ、姉さんはもう下り切ったのか。

重い鎧を着ているはずなのに、軽装のクルタさんとさほど変わらないスピードだ。

こうして慌てて縄梯子を下り始めると、またしてもスゥッと嫌な冷気が抜けていく。

「やっぱりこの奥だな。ものすごい冷気だ……」

さながら、穴の底が雪国にでも通じているかのような冷たさ。

俺は身体をぶるっと震わせながらも、そのままゆっくりと下りていく。

こうして穴の底にたどり着くと、そこはちょっとしたホールのような空間となっていた。

そして大きな横穴が開いていて、さらに奥へと続いている。

「風が吹いてくる。こっちだよ」

クルタさんを先頭に、ゆっくりと洞窟を歩き始めた俺たち。

通路は細く曲がりくねっていて、以前に訪れた黒雲洞《こくうんどう》に似た感じがした。

だがあの場所と決定的に違うのは、洞窟全体に漂う気味の悪い冷気だ。

魔力を孕《はら》んだそれは、進めば進むほど濃さと鋭さを増していく。

その寒さときたら、冬山でも登っているような気分だ。

「うぅ、寒い！　何なのだこれは……？」

「コートでも持ってくればよかったね」

「いや、これは……」

俺は壁に張り付いた虫を見て、とあることに気付いた。

そしてすぐさま、仮説を確かめるべくふうっとゆっくり息を吐く。

すると気温が低いはずにも拘《かかわ》らず、息は全く白くならなかった。

「やっぱり……ここ、本当は寒くないんだ」

「む？　どういうことだ？」

「そうだよ、今にも凍《こご》えちゃいそうなのに」

身を小さくしながら、寒いことをアピールするクルタさん。

姉さんもそれに同意するように頷《うなず》く。

しかし俺は、すぐさま首を横に振った。

「いいえ、寒くないです。俺たちが寒気を感じているのは、生命力を奪われているからですよ」

「生命力を？　どういうこと」

「この虫を見てください。妙に動きが遅いんです。それに、こんなに寒い場所なのに息を吐いても全く白くならない」

「……ちょっと待ってて」

そう言うと、クルタさんは懐《ふところ》から水の入った革袋を取り出した。

そして中身を口に含むと、むむっと眉間に皺《しわ》を寄せる。

「生温《なまぬる》い。普通、こんなに寒かったらすぐ冷えちゃうのに」

「でしょう？　俺たちが寒く感じているだけなんですよ」

「しかし、これは厄介だな。このままでは凍死するぞ」

「大丈夫。サンクテェール!!」

手のひらから光を放ち、聖域を展開する。

たちまち周囲の冷気が吹き飛ばされ、寒気が収まった。

よし、聖域で十分に対抗できるみたいだな。

こうして安全な空間を確保した俺たちは、いっそう注意しながらも歩を速める。

やがて……。

「うわぁ……！ なにこれ……！」

「魔法陣か？ ずいぶんとまた大規模だな」

通路が途切れ、現れたのは聖堂を思わせる大空間であった。

石でできたその天井《てんじょう》と床には、複雑で精緻《せいち》な魔法陣がびっしりと刻み込まれている。

ここは、いったい何の施設だ……？

すぐに魔法陣を読み解こうとするが、あまりにも大規模ですぐには全容が摑《つか》めない。

これほどの代物、ひょっとすると人間が作ったものではないかもしれないな……。

メルリア様が古い遺跡があると言っていたが、まさかこれほどのものだったとは。

「やっと来たか。少し待ちくたびれたぞ」

「ゴダート⁉ どこだ、どこにいる⁉」

「ここだ」

やがて大空間の奥から、ゴダートが姿を現した。

その手には意識を失っているらしいアエリア姉さんが抱かれている。

「貴様……‼ アエリアに何をした‼」

「少し寝てもらっただけだ。特に危害は加えておらん」

「もし傷の一つでもつけてみろ。貴様を今すぐ斬る‼」

剣を抜き、力強く宣言するライザ姉さん。

その全身から溢《あふ》れる気が、物理的なオーラとなって淡く輝く。

これが姉さんの……剣聖の本気か……‼

家族を危険に晒《さら》され、普段を上回る力を発揮しているのだろう。

その威圧感は、かつて感じたことがないほどであった。

するとここで、ゴダートの後ろからさらに人影が現れる。

「おお、恐ろしい！　だが、だからこそ君にはしてもらいたいことがある」

「誰《だれ》だ貴様は！」

「私はシュタイン。この国の王となる者だ」

暗闇《くらやみ》の中から現れた線の細い男。

彼は確かに、第一王子の名を名乗ったのであった。

たちまち、姉さんの顔つきが変わる。

「ほう……お前があのシュタインか」

「シュタイン殿下と呼べ。私は王になる男だぞ」

姉さんの発する殺気を受けてなお、尊大な態度を崩さないシュタイン殿下……いや、シュタイン。

ゴダートが脇《わき》に控えているがゆえの余裕なのか、それともまた別に理由でもあるのか。

本人はお世辞にも鍛えられているようには見えなかったが、ずいぶんと余裕綽々《しゃくしゃく》だ。

「ふん、このような騒動を起こしておいてお前が王になれるわけないだろう」

「それがなれるのだよ。なぁ？」

「その通り。我の言うことを聞いていればな」

どこからともなく、低く威圧感のある声が聞こえてきた。

独特の重みのある声は、さながら岩か何かが話しているかのよう。

無機質で、およそ人が発しているものとは思えない。

明らかに魔族かそれに類するものの気配がした。

「何者だ！　姿を見せろ！」

「あいにく、それはできん。封印されているのでな」

「……もしかして、この魔法陣が関係しているのか？」

俺は壁一面に刻み込まれた魔法陣を見渡しながら、正体不明の存在へと問いかけた。

するとたちまち、気味の悪い笑い声が響き渡る。

「ははははは、なかなか勘が良いではないか！　そうとも、我はこのいまいましい魔法陣によって数百年にもわたって封じ込められておる」

「もしかしてお前は、真の魔族なのか？」

「ほう、今の人間にしてはよくものを知っている。いかにも、我は古《いにしえ》の血を引く真の魔族ジンであるぞ」

驚くほどあっさりと、自らの正体を明かした真の魔族ジン。

俺たちを確実に倒せると思っているらしい。

それに続いて、シュタインが冥土の土産《みやげ》とばかりに事情を簡単に説明する。

「この魔族は自らを封じた一族の末裔《まつえい》であるエルバニア王家を監視していてね。それでたまたま、冷遇されていたこの私に声をかけてきたというわけさ。自らの封印を解けば、王にしてやろうってね」

「馬鹿《ばか》な！　そんなもの、単に利用されているだけだぞ！」

「そうだよ！　仮にも王子様なのに、そんなこともわからないの？」

とても約束を守るとは思えない魔族の甘言。

それにあまりにもあっさり乗ったシュタインに対して、姉さんたちはたちまち非難の声を浴びせた。

彼女たちの言う通り、こんな胡散臭《うさんくさ》い魔族の言うことを聞くなんてとても理性的とは思えない。

どれほど追い詰められていたとしても、まずあり得ない判断だろう。

しかしシュタインは、苛立《いらだ》たしげに声を大きくして言う。

「はっ!!　俺のことを認めようとしない父上や叔父上などより、ジンの方がよっぽどマシだ！　そうだ、ジンだけが俺のことをわかってくれる……！」

「こいつ……取り込まれているな……！」

「うん、悪の心に付け入られたんだね。魔族のよく使う術だよ」

自身が操《あやつ》られた経験があるからか、平静に語るクルタさん。

彼女は一歩前に出ると、シュタインに向かって強く呼びかける。

「今ならまだ間に合うよ。すぐにアエリアさんを解放して！」

「平民風情がわかったような口を利《き》くな！」

「わかるよ！　ボクだって魔族に操られたことがあるから！」

「うるさい！　とにかく、お前たちにはしばらく私の指示に従ってもらう。そうすればその女を解放すると約束しよう。さあ剣聖よ、俺の言うことを聞け！」

「魔族に操られた者の戯言《ざれごと》など、信用できん！」

吐き捨てるようにそう言うと、ライザ姉さんはゴダートとの距離を詰めようとした。

するとすかさず、ゴダートがアエリア姉さんの首元に手を添える。

「……これ以上近づけば、この女の首を折る」

「卑劣な……!!」

「ははは、剣聖といえども姉を人質に取られては何もできないか」

勝ち誇ったような笑みを浮かべると、シュタインは懐から小さなマジックバッグを取り出した。

そしてその中から、一本の剣を取り出す。

柄に大きな宝玉のはめ込まれたそれは、美しい黄金色に輝いていた。

「それは……宝剣アロンダイト！」

「そうだ。お前にはそれでジンを斬ってもらう」

「どういうことだ？　アロンダイトは、刃を持たぬ儀礼用の剣だぞ。それに、その魔族はお前の仲間ではないのか？」

予期せぬ展開に、戸惑いを隠せないライザ姉さん。

俺もシュタインの言っていることがさっぱりわからなかった。

するとどこからか、ジンの楽しげな声が聞こえてくる。

「その剣は我を倒すために作られた特別な剣よ。剣聖と認められた者だけが真の力を引き出せる上に、魔族以外は斬れぬから飾りと思われていたのだろう」

「そうだとして、なおさらそんなもので貴様を斬ってどうする？　封印の身に飽きて、死にたくなったのか？」

「あながち、間違いではない」

そう言うと、ジンは何やら含みのある笑いを響かせた。

死にたくなったというのが、あながち間違いではない……？

そう聞いた俺は、これまでの出来事を思い出してふとあることに気付く。

「……まさか、仮死状態になって封印を抜ける気か」

「然《しか》り！　なかなか頭の回る小僧よ」

「どういうこと？」

事態が呑《の》み込《こ》めないのか、訝《いぶか》しげな顔で尋ねてくるクルタさん。

俺はすぐさま、彼女と姉さんに理由を説明する。

「封印に使われる魔法陣の中には、封印対象の状態に応じて機能を変化させるものもあるんです。恐らく、ここの魔法陣もそうなんでしょう。俺たちの生命力が吸われているのも、ジンが活性化したのを感知して、その力を吸い尽くそうとしているんです」

「そっか！　それで力が一部漏《も》れているってわけか！」

「ええ。逆に、先王が調査をした時期にはジンはまだ休眠していた。それに合わせて魔法陣も休眠していたので、特に何もなしと報告されたんです」

「これだけ冷えていれば、間違いなく異常に気付くはずだからな」

「ええ。加えてこの手の魔法陣は、封印対象が死亡したら機能を停止する。だから、それを狙《ねら》っているってこと」

俺がそう言うと、シュタインがパンパンと褒めたたえるように手を叩《たた》いた。

そしてひどく歪《いびつ》な笑みを浮かべて、楽しげに言う。

「物わかりがいいね、嫌いじゃないよ。この魔法陣は、ジンの魔力が一定の値を下回ると完全に機能を停止する。そのために剣聖にジンを斬ってもらい、その傷口から魔力を吸い出そうというわけさ」

「そんなもの、どうやって吸い尽くすつもりですか？　とんでもない量ですよ」

数百年にもわたって封印され続けている高位魔族である。

その身に秘めた魔力は、恐らく途方もない量のはずだ。

そんなものを無理やり吸い出せば、暴発して洞窟が吹き飛びかねない。

するとシュタインは、わかってないとばかりに肩をすくめる。

「その程度のこと、私が考えていないと思ったのかい？　魔力を流し込むために、コンロンから大量の魔導具を買い付けた。旧式の魔砲から出来損ないの魔剣までな」

「用意のいい奴《やつ》め」

「さあ、早くアロンダイトを手にしろ！　それは剣聖と認められた者でなければ扱えんからな」

「……ふん、まさかそんなことのために剣聖の称号を欲していたとは。剣聖の位もずいぶんと軽くなったものだ」

どこか自嘲めいた声でつぶやきながら、姉さんは足元に投げられたアロンダイトを手にした。

その瞬間、空間全体がぐらぐらと揺れ動き始める。

これは……いよいよ黒幕がお出ましのようだぞ!!

地面から立ち上る瘴気《しょうき》を見て、俺たちはとっさに武器を構える。

そして――。

「ひぃ……⁉　もう、封印が解けてる⁉」

やがて俺たちの目の前に現れたのは、巨大な異形の魔族であった。

その身の丈は大人の三倍ほどはあるであろうか。

背中には黒々とした皮膜の翼が生え、天井を覆《おお》いつくすかのよう。

その顔つきはゴブリンをさらに醜悪にしたようで、紅の眼が怪しく光る。

さらにその身体からは、禍々《まがまが》しい蒼炎《そうえん》が発せられていた。

「いや、大丈夫。封印はまだされてます」

強烈な存在感を放つジンを見て、焦《あせ》りを見せるクルタさん。

一方で俺は、すぐに奴の手足に鎖が絡《から》みついているのに気付いた。

ジンの身体が実体化するのに合わせて、結界もまた実体化したようである。

よほど強固な術式なのだろう。

手足を十重二十重に縛り付けるそれは、解《ほど》ける気配など全くなかった。

「……哀れなものだな」

「何とでも言え」

早く斬れとばかりに、ライザ姉さんへと近づいていくジン。

奴はそのまま姉さんが斬りやすいように、自らの肩を差し出した。

肩から胸にかけて、袈裟《けさ》がけに斬れと言いたいようである。

その挑発的な態度に、姉さんはますます表情を険しくする。

「ならば望み通り……斬ってやろう、真っ二つにな!!」

「姉さん、それは!!」

どうにも嫌な予感がした俺は、とっさにライザ姉さんを止めようとした。

しかし、時既に遅し。

金色に輝く刃が一閃《いっせん》し、ジンの身体を深々と切り裂く。

たちまち恐ろしい叫びが響き、黒々とした血が噴き上がった。

それにやや遅れて、巨大な身体から瘴気を思わせる禍々しい魔力が溢れ出す。

「このまま……なっ!?」

一気に両断しようとしたところで、姉さんの身体を黒い雲のようなものが吹き飛ばした。

予想外の攻撃をもろに食らってしまった姉さんは、そのまま床に叩きつけられて転がる。

「くっ!!」

「完璧《かんぺき》だ！　後は魔力を限界まで吸い出せば……封印が解けるぞぉ!!」

作戦の成功を確信し、狂気に染まるシュタイン。

彼はすぐさま導線の束《たば》のようなものを取り出すと、ジンの傷口へと近づける。

その場に溢れていた異質な魔力が、見る見るうちに吸い上げられていった。

どうやらこの導線の先には、シュタインが大量に買い込んだ魔導具があるらしい。

「これはいい！　あと数分だな！」

「まずい！　こうなったらやるしかない‼」

「けど、そんなことしたらアエリアさんが！」

行動を起こそうとした俺を、クルタさんが慌てて制止した。

その目はゴダートに抱えられたアエリア姉さんに向けられている。

ここでジンに手を出せば、ゴダートが黙っていないというわけだろう。

しかし、俺はあえて彼女の言うことを聞かない。

「ここで大人しくしていても、アエリア姉さんが解放されるとは限りません。それなら――‼」

俺はシュタインの方へと向き直ると、一気に走り出した。

すぐさまゴダートがアエリア姉さんの首元に手を当て、こちらを威嚇《いかく》する。

だが、俺は止まらない。

そのままシュタインをめがけて走り続ける。

……やっぱり、奴はアエリア姉さんには手が出せない！

ここで手を出してしまえば、俺たちをもう抑止することができなくなるのだから。

「ひぃっ!!　ゴダート、俺を守れ!!」

「……くっ!!」

やがてシュタインが悲鳴を上げ、俺たちのチキンレースは終わった。

ゴダートはアエリア姉さんを解放すると、即座に俺とシュタインの間へと滑り込む。

こうしてゴダートと鍔迫《つばぜ》り合いの体勢になったところで、クルタさんへと目を向ける。

「クルタさん!!」

「あいよ！」

俺の行動を途中から読んでいたのだろう。

クルタさんはすぐに返事をすると、猫のような俊敏さで瞬く間にアエリア姉さんを保護した。

これで形勢逆転、俺たちが圧倒的に有利だ！

奴らの頼みの綱のジンも、魔力を吸いつくされてすぐには回復しないだろう。

後はゴダートさえ、姉さんと二人掛かりで倒してしまえば……!!

「くっ!!　身体が、重い……!!」

「姉さん？　姉さん！」

床から起き上がろうと踏ん張るが、立ち上がることのできないライザ姉さん。

その顔は既に真《ま》っ青《さお》で、唇が土気色をしている。

肌に艶《つや》が無く、体中から生命力をごっそり抜き取られたようだった。

これはいったい……⁉

俺が焦りを見せると、シュタインがニヤッと笑う。

「アロンダイトは使い手の体力を著しく消耗する。しばらくは動けないはずだ」

「クソ、それを見越して……‼」

「流石に剣聖が自由に動けると厄介だからね」

いくらか落ち着きを取り戻した様子のシュタインは、服の埃を払うと改めてゴダートの方を見た。

そして顎をクイッと持ち上げると、芝居がかった様子で告げる。

「さあゴダート、こいつらを始末してしまえ！　金は後で望むだけ払ってやる」

「承知した」

「……どうやら、お前との戦いは避けられないみたいだな」

改めて、俺たちの前に立ちふさがるゴダート。

姉さんも頼りにならなくなってしまった今、俺が一人でこの剣客を倒すよりほかはない。

……だが、できるのか？

あいにくゴダートの奥義を破る方法はまだ見つかっていない。

あれを食らってしまえば、逆転するのはかなり難しいぞ……！

「若人《わこうど》への手向けだ、少しばかり本気を見せてやろう」

焦りを見せる俺に対して、追い打ちをかけるかのようにゴダートは大剣を床に置いた。

代わりにどこからともなく一対の刀を取り出す。

これこそがゴダート本来の得物であるようだ。

黒塗りの鞘《さや》から現れた刃は、さながら水に濡《ぬ》れたよう。

刃渡りはかなり長いが細身で、大きな針のようにも見える。

「さあ、始めようではないか。一足早い準決勝を！」

「……ああ！」

飄々《ひょうひょう》とした雰囲気を一変させ、獰猛《どうもう》な笑みを浮かべるゴダート。

こうして俺たちの戦いが始まったのだった。

第十一話

完全を打ち破れ

「……これが真の実力なのか！」

奥義を打たせまいと、俺《おれ》はゴダートに対して接近戦を挑んだ。

しかし、双刀を手にしたゴダートの動きは恐ろしく俊敏。

加えて、剣舞と称するのが相応《ふさわ》しいしなやかな身のこなしには全く無駄がない。

心持ちはどうあれ、彼はまさしく老獪《ろうかい》で完成された達人だった。

「お得意の魔法剣とやらは見せてくれないのか？」

「……そうしたら、跳ね返すつもりだろう？」

「ほう、キクジロウから奥義のことでも聞いたか」

どこか楽しげな顔をするゴダート。

自身の情報を敵である俺に知られたというのに、悔しいほどに余裕のある態度だ。

「ならば話が早い。そなた、我が奥義を破れるか？」

「さあ。これから考えるところ！」

「……それは残念だ。ちと期待していたのだがな」

そうつぶやくゴダートの表情は、妙に憂いを帯びていた。

……俺のことをからかっているのか？

その表情の理由がわからない俺は、警戒を強める。

「少し速度を上げよう。ついてこれるか？」

「こっちのセリフだ！」

一段と速さを増すゴダート。

その剣戟《けんげき》の嵐《あらし》に俺はどうにか食らいついていき、何とか攻撃を加えていく。

――ライザ姉さんのおかげだな。

実家にいた頃は毎日のように繰り返されていた姉さんとの特訓。

この速度に至っても俺が反応できているのは、紛れもなくあの地獄の日々のおかげだった。

当時はやり過ぎだと思っていたが、まさか姉さんの他にもこんなとんでもない強敵がいたとは。

世界というものは、やっぱりとんでもなく広い！

「どりゃあああっ!!」

「むっ！」

――このままではいずれジリ貧となる。

そう悟った俺は、まだ余裕があるうちに攻勢をかけた。

これには流石《さすが》のゴダートも、わずかばかり顔色を変える。

「面白《おもしろ》い。やはりそれがしを倒すのは、そなたかもしれん」

「……何を言っている？」

「ははは、細かいことは気にするな！」

高らかに吠《ほ》えるゴダート。

クソ、こいつの力は底なしなのか……⁉

俺が攻めきれないところで、今度はゴダートが技を仕掛けてくる。

「青天流《せいてんりゅう》・五月雨《さみだれ》！」

「なっ⁉」

先日、キクジロウが大剣神祭で見せた飛ぶ斬撃。

それをゴダートは近距離からいきなり放ってきた。

おいおい、予備動作とかないのかよ⁉

加えて、斬撃の威力自体もキクジロウとは比較にならないほどに大きい。

斬撃の当たった床に、小さな穴が開いた。

俺はとっさに距離を取り、その射線から懸命に逃れる。

「ははは、まるであの試合の再現だな！　ほれ、魔法剣を撃ってみろ！」

「……撃てないことをわかっているくせに！」

「やってみなければわからんぞ?」

わざと攻撃の間隔を空けて、隙を見せるゴダート。

明らかに俺の魔法剣を誘っていた。

けど、何の対策もなしに撃っても確実に跳ね返されてしまうだろう。

いったいどうすれば……!!

俺が考えを巡らせていたところで、こちらの様子をうかがっていたクルタさんが動く。

「ボクのこと、忘れないでよ!」

「ぬぅ、ネズミが来たか!」

突然の参戦に驚きつつも、即座に対応するゴダート。

だがその瞬間、クルタさんが懐《ふところ》から何かを投げつけた。

あれは……粉薬か何かか?

たちまち白いもやのようなものが周囲に広がり、ゴダートの視界が奪われる。

「ふふふ、丸見えだよ!」

周囲に浮遊する粉のおかげで、飛ぶ斬撃の軌道がはっきりと見えるようになった。

クルタさんはそれらの合間を掻《か》い潜《くぐ》ると、瞬く間にゴダートとの距離を詰める。

流石はA級冒険者、ずっとこの機会をうかがっていたのか……!

感心する俺をよそに、クルタさんはナイフで強烈な一撃を入れようとした。

だが次の瞬間――。

「かぁっ!!!!」

「あわっ⁉」

「クルタさん!!」

気迫とともに、ゴダートの剣が宙を薙《な》いだ。

たちまち衝撃にも似た斬撃が放たれ、クルタさんの身体が吹っ飛ぶ。

そのまま壁に叩《たた》きつけられた彼女は、けほっと吐血してしまう。

「あたた……」

「大丈夫ですか⁉」

「平気、気にしない……んぐ⁉」

俺の問いかけに応《こた》えようとしたところで、クルタさんの口をシュタインが塞《ふさ》いだ。

彼はニタァッと不敵な笑みを浮かべると心底愉《たの》しそうに言う。

「動きを止めろ！　この女が殺されたくなければ、剣を捨てるんだ！」

「お前……!!」

「よくやったぞ、ゴダート。これで勝利は確実だ」

「なんて卑怯《ひきょう》なんだ……!!」

怒りのあまり、全身が熱くなるようであった。

王子ともあろうものが、戦いの最中にこれほどまでに卑怯な真似《まね》をするとは。

しかしシュタインは、悪びれる様子もなく言う。

「人質を取れるチャンスがあれば取った方が確実だろう？」

「貴様には……プライドというものが無いのか……！」

「勝てるならば手段は選ばないさ」

ライザ姉さんの質問にも、あっさりとした返答をするシュタイン。

彼は己《おのれ》の行為を恥じるどころか、どこか自慢げですらある。

労せず勝利を摑《つか》む行為に、優越感を覚えているようだ。

「さあ、さっさと私の言うことに従え！　武器を捨てろ‼」

「……ッ！」

「ノア……⁉　やめて、ボクはいいから！」

俺は剣を手放し、地面へと投げ捨てた。

その行動にライザ姉さんやクルタさんは驚き、顔を引き攣《ひ》《つ》らせる。

だがすぐに俺は、懐へと手を差し入れて――。

「お前たちだけは、必ず斬る‼」

いまだに制御ができないゆえに封印していた聖剣。

それを数か月ぶりに引き抜いたのであった。

――○●○――


「ほう……その剣、尋常なものではないな」

俺が手にした聖剣を見て、ゴダートは驚いたように息を呑《の》んだ。

白銀に輝く刃は、さながら光が固体化したかのよう。

そこから放たれる清浄な気は、爽《さわ》やかな風となって周囲に流れる。

竜の王をも切り裂く剣が、今ここに圧倒的な存在感を伴って顕現した。

その威容に、離れた場所にいたシュタインまでもが動きを止める。

「できることなら、これは使いたくなかったけどな」

「何ゆえに？　その気配からして、妖刀の類《たぐい》ではなかろう？」

「俺自身、こいつを制御しきれないからだ。だから……貴様を殺してしまうかもしれない」

そう、この聖剣はあまりにも切れ過ぎる。

そのため人間相手に振るえば、たちまち命を奪い取る凶刃と化すだろう。

だからこそ、俺は確実に制御できるようになるまで聖剣の使用を自ら禁じていた。

けれど、その禁をいま破る。

たとえこの手を人の血に染めてでも――姉さんとクルタさんを守る‼

「そ、そんなものを出したところで状況は変わらんぞ！　動きを止めろ！」

「やってみろ。俺はお前を許さない」

「ひぃっ⁉」

俺の言葉に、全く迷いが無いことを察したのだろう。

シュタインは情けない声を発すると、手にしていたナイフを取り落とした。

そしてまだ回復中のジンの後ろへと逃げ込む。

「ゴ、ゴダート！　やはりここはお前に任せた！」

「やれやれ。頼りにならん大将だ」

「うるさい！　私はあくまでも、頭脳担当なのだよ！」

シュタインの言い訳を耳にして、やれやれと頭をかくゴダート。

しかし、そのどこか気のない態度に反して眼光は鋭い。

俺の手にした聖剣のことを、しっかりと警戒しているようだ。

「さて、その剣の威力を確かめてみよう」

「ああ、言われなくとも！」

たちまち始まる打ち合い。

二振りの刀と聖剣がぶつかり、激しく火花を散らす。

流石にゴダートの刀も相当な業物なのであろう。

鋼をも容易《たやす》く切り裂く聖剣と真正面からぶつかっても、刃こぼれ一つしない。

いやこれは……ゴダートの技量が凄《すさ》まじいのか？

聖剣の威力をもってしても、攻撃をほぼすべて受け流されてしまう。

大会の予選で見せたのと同じだ、衝撃がすべて足から地面に落ちている。

これは、純粋な技だけならあのライザ姉さんすら上回っているかもしれない。

「なぜ、それほどの腕がありながら、悪に染まった！」

ゴダートが積み重ねてきたであろう苛烈な修練。

その重みが伝わってきただけに、俺は大きな哀しみを覚えた。

これほどの腕を得るには、邪《よこしま》な想念など捨ててただ一心に剣と向き合う必要があっただろう。

それがどうして、あんなチンケな悪党の用心棒などやっているのか。

金に目が眩《くら》んだのか、権力を欲したのか……。

俺にはどうしても、理解することができなかった。

この力をまっとうに使えば、悪に染まらずとも大抵のものは得られただろうに。

するとこの問いかけを聞いたゴダートは、これまでとは少し違った目をする。

「……逆だな。この腕があったゆえに、それがしは変わらざるを得なかった」

「どういうことだ？」

「いいだろう。この際だ、このおいぼれの昔話を少し聞いていけ」

そう言うと、ゴダートはそっと俺から距離を取った。

いったい、この剣客の人生に何が起きたというのか。

興味を持ってしまった俺もまた、攻撃の手を緩める。

「それがしはアキツの辺境にある小さな村で生まれた。だが、その村が野盗によって滅ぼされてしまってな。天涯孤独となったところを、師父に拾われたのだ」

「それで、剣術を学んだというわけか」

「ああ。師や仲間と共に過ごす日々は充実していた。当時、アキツの国には多くの野盗や妖魔の類が跋扈《ばっこ》していてな。仕事にも事欠かなかったさ。その中でそれがしは次第に頭角を現し、気が付けば一門を代表する剣士となっておった」

ここまでは、非常に順調で幸福そうな生活であった。

ゴダートの口調も穏やかで、これまでとは打って変わって優しげな顔をしている。

だがここで、一気に様子が変わった。

「しかし、これがいけなかった。それがしはまだ、流派の本質について何も知らなかったのだ」

「本質？」

「ああ。それがしの学んでいた青天流はもともと戦場にて生まれた修羅の剣。どこまでいっても、その本質は人を殺《あや》めることに他ならなかったということよ」

それだけ言うと、ゴダートは一拍の間を置いた。

やがて彼は、堰《せき》を切るように切々と言葉を発する。

「青天流の奥義というのはな、実は、そのあまりの難しさゆえに初代が編み出してから扱える者が誰《だれ》一人としておらなんだ。だが師は、それがしならばと考えたのだ」

「それが、先ほどの話と何の関係がある？」

「この奥義というのがいかなるものか、そなたも実際に味わっただろう？　相手の技をそっくりそのままの威力で反射するという技だ。そしてこれを会得するためには、必殺の一撃を跳ね返さねばならん。生半可ではダメなのだ」

「それじゃ……まさか……！」

「そう。この奥義を会得するには師の技を返し、殺さねばならなかった」

ゴダートの言葉に、俺は少なからず衝撃を受けた。

そうか、そういうことだったのか……！

だが、それではなぜゴダートは一門を飛び出したのだろう？

思考を整理しきれない俺に、ゴダートはさらに畳みかけるように話し続ける。

「それがしは奥義を会得することを断り続けた。たとえ流派の悲願とはいえ、そのために師を殺めるわけにはいかんとな。だがある日、師が告げたのだ。心の臓の病にかかった。もう長くはない、どうせ死ぬならば、この命を流派のために捧《ささ》げたいとな。そしてそれがしは、その願いを断り切れずに……この手に掛けた」

「……なら、どうして何も言わずに飛び出したりしたんだ！　キクジロウさんたちに事情を説明すればよかったじゃないか！」

「いかなる理由があろうとも！　それがしは実の父以上の存在だった師を殺めた！　これに変わりはない、ないのだ！」

心の中にあるものを、すべて吐き出すかのような慟哭《どうこく》。

ゴダートはそのまま自らの右手を見ると、身を震わせながら話を続ける。

「今でもこの手に、あの時の血の感触が残っているのだ。どれほど手を洗おうとも、拭い去れぬ血の感触がな……」

「それで、お前は……悪に走ったのか」

「ああ。死に場所を求めてな。だが、それがしは負けなかった。師を殺して得た血塗られた奥義も、誰にも破られなかった」

ゴダートの顔は、いつの間にか哀しみを湛《たた》えていた。

そうか、この人は……自らの在り方を否定してほしかったのか。

そのために、修羅となって剣を振るい続けてきたのか。

ゴダートの心情をうっすらと理解した俺の心に、何とも言い難《がた》い虚無感が去来した。

たったそれだけのために、そこまで戦い続けるなんて。

いったいどれほど苦しかっただろう。

俺は深く息を吸い込むと、改めてゴダートの顔を見据える。

「……俺が、あなたを止める。いや、必ず止めてみせる」

勝たねばならない理由が、また一つ増えた瞬間だった。


――○●○――


「ノア、必ず勝てよ。二人は何とか私が守るからな……」

アエリア姉さんたちを保護し、壁際へと移動させるライザ姉さん。

その身体はまだ十分に回復していないようで、足取りはひどく重々しい。

しかし、その言葉には有無を言わせぬほどの強い思いが込められていた。

同じ剣士として、道を踏み外したゴダートに対して何か思うところがあったのかもしれない。

「ははは、来い！　全身全霊を懸けて、そなたを破ってみせよう！」

「……なら、いかせてもらおうか！」

こうなれば、奥義を正面から打ち破るよりほかはない。

それこそがゴダートを正す唯一の方法だろう。

そもそも、今のまま戦い続けていてもいずれ負けるのは目に見えている。

ならば、死中に活を求めるしかない……!!

「はあああぁっ!!　豪炎斬《ごうえんざん》!!」

「きたかっ!!」

剣に炎を纏《まと》わせ、斬撃を放つ。

暗闇《くらやみ》を飛ぶその姿は、さながら翼を広げた炎の鳥。

燐光《りんこう》を放つその軌跡は美しく、神々しさすら感じさせた。

それを見たゴダートは素早く刀を下げて奥義の構えを取る。

その動きは、キクジロウのものとは比べ物にならないほどに洗練されていた。

「奥義・鏡返し!!」

「…………っ!!」

俺はあえて、技が跳ね返ってくるギリギリまで防御の体勢を取らなかった。

いかなる過程を経て、技をそのまま跳ね返すという驚異的な事象を成しえているのか。

ゴダートが振るう刀の動きを、可能な限り目で追いかける。

集中のあまり、少しばかり時が遅くなったようにすら感じられた。

しかし――――。

「ぐあっ!!」

くそ、やっぱり一発で見極めるなんて不可能か!

防御に遅れた俺は、強烈な一発を貰《もら》ってしまった。

技の熟練度も完成度も、やはりキクジロウの数段上をいくな。

完全に俺が放った技をそのまま跳ね返されてしまっている。

「……くっ！」

「ふ、ただ技を撃つだけでは破れんぞ」

「まだまだっ‼」

ここで諦《あきら》めてしまっては、全く意味がない。

何としてでも何かしらの糸口を見つけなくては。

俺はもう一度、魔力を高めて魔法剣を放つ。

「豪炎斬っ‼」

「何度しても同じことよ。はあぁっ‼」

放った炎が、再びゴダートによって跳ね返される。

鏡返しとはよくいったもので、俺が放った炎の斬撃が形を崩すことすらなく戻ってくる。

――これを本当に破ることができるのか？

一回目とほぼ変わらないゴダートの動きを見て、疑念が高まる。

未熟なキクジロウとは異なり、技を跳ね返した際の負担はやはりほとんどないらしい。

奥義を何度か撃たせて、体力を消費させるというのも難しいだろう。

「……なら、これでどうだ！」

「む？」

俺は連続して二発の魔法剣を放った。

一発目の魔法剣を跳ね返した後、ゴダートが体勢を整え切る前に二発目を当てるという寸法である。

いかに完成された奥義といえども、所要時間というものがあるはずだ。

その隙を突いてしまえば、どうにかなるかもしれない……！

しかし、ゴダートは俺の予想に反した動きを見せる。

「嘘《うそ》だろっ⁉」

一発目と二発目の間はごくわずか。

だがそれにも拘《かかわ》らず、ゴダートは完璧《かんぺき》に技を跳ね返してきた。

おいおい、ほぼ瞬時に技を出すことができるってことか⁉

俺は驚愕《きょうがく》しつつも、とっさに横に跳んでかわす。

しかし、かわし切れずに炎が足に当たってしまった。

たちまち肌が焼け、激痛が全身を貫く。

「くうっ‼」

「ふん、我が奥義はそうそう簡単に破れはせぬわ」

「……破られることを望んでいるくせに」

「そなたに力が無ければ、ひねりつぶすまでよ！」

攻守交替とばかりに、今度はゴダートの方が距離を詰めてきた。

その踏み込みはまさしく神速。

ライザ姉さんを思わせるそれに、俺は刃を合わせるのが精いっぱいだった。

怒涛《どとう》の連撃に押された俺は、そのまま壁際までじりじりと追い詰められていく。

「くそ……!!」

「ははは、もう逃げ場がないぞ！」

やがて、背中が壁に当たった。

冷たく硬い感触に、俺はたまらず冷や汗を流す。

いよいよ後が無いことが、嫌でも理解できた。

聖剣を抜いてさえ、ゴダートの奥義は破れないのか……!?

いや、考えろ、考えるんだ。

どんな奥義にだって、絶対に破る方法はあるはず。

思考を停止してしまっては、それこそゴダートの思うつぼだ。

「どうした？　次の手はないのか？」

「……うるさい！」

「どんどんと打てば、そのうちそれがしの奥義も失敗するかもしれないぞ？」

どんどん打てばなんて、そんな単純なものでもなかろうに。

俺は牽制《けんせい》のために飛撃を放つが、これまたすぐに跳ね返されてしまった。

まったく、機械じみた正確性だ。

三回目だというのに全く乱れが無い。

……いや、けどこれはもしかして利用できるかも。

ゴダートの驚くほど精密な動きを見た俺は、とある可能性に気付く。

「……よし」

「む？」

俺の変化を察したのか、ゴダートの目つきが険しくなった。

警戒して距離を取った彼に向かって、俺は再び魔法剣の構えを取る。

……恐らく、今度失敗すればもうチャンスはない。

ゴダートの技量と性格からして、同じ手は二度と通用しないだろう。

加えて、俺自身もそろそろ限界だ。

炎に焼かれた足に鈍痛が走り、集中力を奪われている。

「勝負だ、これでお前の奥義を破る！」

「ほほう？　できるのか？」

「やってみるさ！　豪炎斬っ!!!!」

「また同じではないか！」

再び豪炎斬を放った俺に、ゴダートはやや呆《あき》れたような顔をした。

代わり映えのしない攻撃に飽き飽きしたのだろう。

……けれど、その油断が命取りになるのだ。

時を繰り返すように先ほどと同じ動作をするゴダートを見て、俺はほくそ笑む。

そしてすぐさま、聖剣に氷の魔力を流し込んだ。

「あれは……」

「何をする気だ？」

俺の真意を測りかねたのか、外野にいたライザ姉さんやクルタさんが声を上げた。

魔法の種類を変えたところで、変化があるとは思えなかったのだろう。

けれど、俺の狙《ねら》いはそこではない。

可能な限り早く魔力を練り上げると、そのまま斬撃に乗せて一気に放つ。

すると――。

「なっ!!」

跳ね返された炎の斬撃と一直線に突き進む氷の斬撃。

それがゴダートの目の前で衝突し、弾けた。

炎と氷、相反する魔力が対消滅を引き起こす。

爆轟《ばくごう》、吹き荒れる暴風。

周囲の床が吹き飛ばされ、石畳が舞い上がった。

ゴダートは何とか防御の姿勢をとるものの、なすすべもなく壁際へと滑っていく。

離れたところにいた俺も、風圧で身体が持っていかれそうになった。

クルタさんや姉さんも、姿勢を低くしてどうにか堪《こら》えている。

「……よし!!」

やがて風が収まったところで、俺はうっすらと笑みを浮かべた。

あえての遅い魔法剣を放ち、ゴダートがそれを跳ね返した直後に速い魔法剣をぶつけて爆発《ばくはつ》を起こす。

俺の考えた作戦は、驚くほどにうまくいったようだった。

これも、ゴダートがすべての攻撃を放ったのと同じ速度で返してくると気付いたからできたことだ。

「……馬鹿《ばか》な！　あの無敗の戦争屋が!?」

壁に叩きつけられ、なかなか起き上がろうとしないゴダート。

その痛々しい姿を見て、シュタインが悲鳴にも似た叫びを上げた。

彼はすぐさまゴダートに駆け寄ると、その肩を揺さぶるが反応はほとんどない。

どうやら、爆発の衝撃によって意識が朦朧《もうろう》としてしまっているようだ。

流石のゴダートといえども、あの距離で爆発を食らってはひとたまりもなかったらしい。

「クソ、クソ!! 1億も払ったんだぞ! 仕事をしないか!!」

恐慌状態に陥《おちい》ったシュタインは、やがてゴダートの身体を蹴《け》り始めた。

まさしく死体蹴りというのが相応《ふさわ》しい惨状に、見ていられなくなった俺はすぐに声をかける。

「おい、やめないか」

「ひぃっ!!」

俺が近づいていくと、シュタインは情けない声を上げながら距離を取った。

……本当に、いっそすがすがしいまでの小物っぷりである。

こうしてゴダートの前へとたどり着いた俺は、すぐさまその首元へと手を伸ばす。

……まだ息も脈もしっかりとしているな。

肋骨《ろっこつ》が何本か折れているが、命に別状はないだろう。

かなりの重傷で、すぐに動けるような状態ではないけれど。

「飲め」

「……なにゆえに」

俺がマジックバッグからポーションを取り出すと、ゴダートはゆっくりと顔をそむけた。

今さら、情けを掛けられるのも苦痛なのだろう。

その目はどこか虚《うつ》ろで、生に対する執着というものがまるで感じられなかった。

……何もかも捨てているな。

俺はそう直感するが、だからこそこの男には生きてもらわねばならない。

罪の重さを感じながら、生きて生きて生き抜いてもらわなければ。

それこそが、ゴダートに対する最大限の罰なのだ。

「生きろ。苦しんで苦しんで生きろ。楽に死ぬなんて許されない」

「生き恥を晒《さら》せということか。ははは、それがしには似合いかもしれぬな」

そう言って、乾いた笑みを浮かべるゴダート。

……何はともあれ、これでいち段落だな。

俺が一息ついたところで、部屋の端から微《かす》かにうめくような声が聞こえてくる。

これは……もしかして……！

「うぅ……ここは……どこですの？」

「アエリア！　やっと気付いたのか！」

「ライザ？」

ようやく意識を取り戻したアエリア姉さん。

事態を呑み込めずにきょとんとする彼女に、すぐさまライザ姉さんが抱き着く。

やっぱり姉妹だけあって、相当に心配していたんだなぁ。

俺もすぐさまアエリア姉さんの元へと歩み寄ると、彼女に水筒を差し出す。

「どうぞ」

「……ありがとうございますわ」

水を口に含むと、アエリア姉さんはいくらか落ち着いた表情をした。

そして自身に何が起きたのか、状況を整理するようにつぶやきながら周囲を見渡す。

「ええっと、ゴダートの部屋を訪れた後で……後ろから殴られて……」

「シュタインが姉さんを人質に取ったんです。何か覚えていますか？」

「いえ、いきなり殴られたので特には。それより、ここはどこですの？」

「闘技場の地下だよ。古代の魔族とやらが封印されてた場所」

「ま、魔族⁉」

クルタさんの口から出た魔族という言葉に、ビクッと肩を震わせるアエリア姉さん。

すかさず、ライザ姉さんが笑いながら言う。

「大丈夫だ。今その魔族は力を失っている。すぐに叩けば問題ない」

「そうなんですの？」

「ええ。俺がすぐにこの聖剣で……ん⁉」

俺が話している最中、にわかに空間全体が揺れた。

それと同時に墨を思わせるような黒く禍々《まがまが》しい魔力が床から湧《わ》き上がってくる。

これはもしや、ジンの魔力か……⁉

ありえない、さっきの様子だとまだまだ回復には時間がかかるはずだ。

こんな急激に復活できるはずがない……！

俺の焦《あせ》りをよそに、どす黒い魔力はうねりながら膨れ上がっていく。

「どうして⁉　まだ時間はあったはずだよ！」

「ありえん、奴《やつ》は確かに瀕死《ひんし》になったはずだ」

「ははははは！　偉大なるジンよ、わが命を食らえ‼」

狂気を孕《はら》んだ声に、慌てて振り返る俺たち。

するとそこには、胸元《むなもと》にナイフを突き立てたシュタインの姿があった。

まさか、自らの血を魔力に変えてジンの回復を早めたのか……‼

半ば洗脳されていたとはいえ、あの小物がここまでのことをするなんて。

予想外の行動に、俺たちは呆気《あっけ》に取られてしまう。

クッソ、魔族の洗脳を少し甘く見過ぎたか！

「さあ、復活だぁ‼」

シュタインの身体から血が抜け出し、見る見るうちに魔法陣へと吸い込まれる。

たちまち赤い光が蠢《うごめ》き、命が魔力へと変わっていく。

その光景はとても美しかったが、同時に底知れぬ恐ろしさに満ちていた。

まるで闇《やみ》が命を貪《むさぼ》っているかのようだ。

「まずい、崩れるぞ!!　逃げろ!!」

「姉さん、つかまって!!　クルタさんも!」

やがて崩落し始めた空間。

俺たちは大慌てで逃げ出すのであった。

第十二話　魔族ジン

「はぁ……はぁ……！　何とか間に合いましたね」

「ああ。流石《さすが》に、この状態で背負って上るのは骨が折れたぞ」

地下の洞窟へと通じる竪穴。

それを上り切ったところで、俺《おれ》とライザ姉さんは小休止を取っていた。

お互いにまだ身動きの取れないクルタさんとアエリア姉さんを背負ってきたため、体力を大きく削られてしまっている。

特にライザ姉さんは、自身の回復もままならないというのによくやってくれたものだ。

「む、ここも危ないかもしれんな。アエリア、立てるか？」

「ええ、何とか」

「ボクもちょっとは動けそうだよ」

洞窟の崩壊は、その上に立つ闘技場にも影響を与えているようだった。

天井《てんじょう》からパラパラと小石が降ってきたのを見て、ライザ姉さんは慌てて皆に動くように促す。

一方の俺は、洞窟の奥に置いてきてしまったゴダートのことを考えていた。

「姉さんたちは、先にここを出てください」

「どうした？　怪我《けが》が痛むのか？」

「そうじゃなくて、ゴダートを連れてこないと！」

「何を言っている！　今戻れば、お前まで生き埋めになるぞ！」

「そうはいっても、あいつには生きてもらわないと！　ここで死なれたら何にもならない！」

俺は急いで洞窟の中へと戻ろうとした。

だが、その手をライザ姉さんががっしりと掴《つか》んで離さない。

「ダメだ！　行かせられない！」

「けど……！」

「て、天井が⁉」

俺たちが言い争っていると、アエリア姉さんが天井を指さして騒ぎ出した。

見上げれば、そこかしこに亀裂が走って今にも崩れてきそうである。

さらに、四方を支える柱からもミシミシと嫌な音が聞こえてくる。

これはもう、一刻の猶予もないな……‼

俺は体力の十分回復していない姉さんたちを振り返ると、やむを得ずゴダートを諦《あきら》めた。

そして彼女たちの手を握ると、全速力で走り出す。

「わわっ⁉　ちょっと⁉」

「急いでください！　もうもちませんよ！」

「げっ⁉　落ちてきましたわよ‼」

こうして動き出したところで、いよいよ耐えきれなくなった天井が崩落を始めた。

巨大な瓦礫《がれき》の塊が、俺たちの方に向かってゆっくりと向かってくる。

まずい、当たるっ‼‼

俺はとっさにクルタさんとアエリア姉さんを突き飛ばし、背中で彼女たちを守ろうとした。

だがここで、白い斬撃が瓦礫の塊を吹き飛ばす。

「ライザ姉さん‼」

「急げ、止まってる余裕はないぞ！」

「はいっ‼」

姉さんの援護を受けながら、そのままどうにか闘技場の外まで走り切った俺たち。

どうにかこうにか脱出することができたな……。

安全な場所に来られたという安堵《あんど》からか、自然と大きな吐息が漏《も》れた。

アエリア姉さんに至っては地面に横になってしまっている。

「もう駄目、身体が動きませんわ……」

「この程度で情けないぞ。運動不足だ」

「それは否めませんわね……。走り込みでもしましょうかしら……」

「おーーい、大丈夫か⁉」

「ロウガさん？　それにメルリア様まで」

声のした方へと振り返れば、そこにはロウガさんやメルリア様の姿があった。

闘技場が崩落し始めたのを見て、駆け付けてくれたらしい。

さらに、彼らの後ろにはメルリア様が連れてきたのであろう兵士たちの姿も見える。

「これはどういうことでしょうか？　闘技場が……」

「話は後です！　今すぐここに、ありったけの戦力を集められますか？」

「えっと、彼らだけでは足りませんか？　一応、我がエルバニアの精鋭なのですが……」

そう言うと、自らの連れてきた兵士たちを見やるメルリア様。

王女自らが精鋭というだけあって、全員がなかなかの強者に見える。

だが、あのジンを相手にするにはこの程度の戦力では心もとないだろう。

それこそ、今エルバニアに滞在している剣士たちを全員集めるぐらいでなくては。

「きゃっ⁉」

「まずいな、奴《やつ》の気が一段と膨れ上がっている！」

ひときわ大きな揺れが周囲を襲った。

闘技場の柱が倒れ、観客席が崩れ始める。

……この様子だとあと数分もしないうちにジンが地下から出てくるぞ！

そうなったときに、果たして消耗の激しい俺たちだけで食い止められるのか。

はっきり言って全く自信が無かった。

するとここで、アエリア姉さんが言う。

「うちの商会に闘技場で使っていた風の魔導具の予備がありますわ。あれを使って街中に呼び掛ければ、すぐに人を集められるはずでしてよ」

「それだよ！　姉さん、すぐに準備できる⁉」

「ええ。王女様、ついてきてくださいまし！」

「は、はい！　わかりました」

王女様を連れて、フィオーレ商会へと急ぐアエリア姉さん。

そうしている間にも、地下からどんどんと禍々《まがまが》しい魔力が湧き上がってくる。

そして――。

「はははは‼　解放だ、解放されたぞ‼‼」

「な、なんだこりゃ⁉」

「途方もない大きさですね……！」

揺れに耐えかね、崩れ落ちた闘技場。

それと入れ替わるようにして地上へと出てきたジンの姿を見て、ロウガさんたちは驚きの声を上げた。

黒雲を纏《まと》ったジンの身体は、地下洞窟で見た時よりもさらに一回り以上も大きい。

周囲の建物と比べても、圧倒的な存在感だ。

加えて、その巨体の大半は黒雲に覆《おお》われ魔力の稲妻が走っている。

「ははははは！　人間どもよ、今こそ滅びの時だ！」

「まずいな、こんな街中で暴《あば》れられたら被害がやべえぞ！」

「とりあえず、私たちはみんなを避難させましょう！」

「そうだな。あんたたち、手を貸してくれるか？」

ここでロウガさんが、メルリア様の連れてきた兵士たちに呼びかけた。

突然の事態に彼らも戸惑いを隠せないが、すぐに隊長格らしき人物が返事をする。

「わかった。何としてでも、被害を最小限に減らそう！」

「俺たちが奴を何とか足止めします。そのうちに、早く！」

そう言っているうちに、ジンが勢いよく雷を吐いた。

たちまち周囲の建物の屋根が吹き飛び、人々が逃げ惑う。

まずいな、人が多すぎて避難が遅れている……！

俺は急いで闘技場の跡地に向かって走ると、そこからジンの背中に飛撃を放つ。

「こっちだ!!」

「いいだろう、少し遊んでやる」

がら空きだった背中に攻撃を入れたが、全くといっていいほどダメージは与えられなかった。

全身を覆っている黒雲が、斬撃をかき消してしまったように見える。

防御魔術の一種なのか……?

攻撃が通用しなかったことに驚くものの、注意を引くことができた。

あとはこいつを、少しでも広い場所へと誘導しなければ。

俺は瓦礫を踏み越えて、闘技場跡地の中心へと移動した。

すると驚いたことに、石造りの舞台が壊れもせずにそのまま残されている。

「こりゃいいや。ジン、ここで決着をつけよう!」

「ははは! ちょうどいい処刑場だな!」

高笑いをするジン。

その手のひらから、たちまち紫電が迸《ほとばし》った。

うわ、手からも雷を出せるのかよ!

俺は身を捻《ひね》って雷撃をかわすと、牽制《けんせい》のために再び飛撃を放つ。

だが、またしてもノーダメージ。

身体に当たる寸前で、攻撃をかき消されているかのようだ。

「かゆいかゆい!」

「どうなっているんだ……?」

「我に斬撃など一切《いっさい》効かぬということだ」

「……シンプルだけど、一番嫌な話だな！」

三度放たれた雷撃をかわしながら、対応策を考える。

あの余裕たっぷりな表情からして、斬撃が効かないというのはただのハッタリではなさそうだ。

何かしらの仕掛けがあるのか、それとも魔族ゆえの体質なのかはわからない。

いずれにしても、ただぶつかっていくだけでは倒せないな……！

とにかく、時間だけでも稼がなくては。

俺はとにかく走って走って、ひたすら走りまくる。

「ははは、逃げろ逃げろ！」

「あたっ！」

だがここで、ダメージを受けていた左足がとうとう悲鳴を上げた。

ポーションを飲んで誤魔化《ごまか》していたが、少し無理をし過ぎたか……！

連戦の疲れがここにきて一気に響いてくる。

クソ、俺が動けなくなったらこいつを誰《だれ》も止められないのに……!!

ライザ姉さんも、戦えるまで回復するにはあと一時間はかかるだろう。

それまでは何としてでも俺が食い止めなければならないというのに、身体がなかなかついてこない。

「どうした？　もうしまいか？」

「……くっ！」

「もうよい、飽いたわ」

俺への興味を失ったのか、ジンは気だるげな態度で雷の弾を吐き出した。

しかし、そのやる気のない雰囲気に反して攻撃の威力は凄《すさ》まじい。

周囲が青白い光に呑《の》まれ、視界が奪われる。

……俺は、ここでやられるのか？

諦めが脳裏をよぎった瞬間、どこからか声が響いてくる。

「うおおっ⁉　病み上がりの身体にこれはきついな‼」

「拙者も助太刀《すけだち》いたすぞ！」

やがて眼前に迫っていた雷の弾が、どこかへ弾《はじ》き飛ばされていった。

回復した視界に、キクジロウとアルザロフの背中が映る。

二人とも助けに来てくれたのか……‼

……いや、彼らだけじゃない！

周囲を見渡せば、いつの間にかメイガンやネロウといった本選出場選手はもちろんのこと多くの剣士たちが集結していた。

どうやら、異変に気付いて集まって来てくれたらしい。

「事情は来る途中でアエリア殿たちから聞いた。拙者たちも戦わせてくれ」

「ありがとう！　けど、あいつはどうも斬撃が効かないみたいで……」

俺たちを見下ろし、不敵な笑みを浮かべているジン。

その顔を見上げながら、俺はグッと歯嚙《はが》みした。

援軍は非常にありがたいが、このままでは全員がやられてしまう。

何とか糸口を見つけ出さなければならないのだが……。

「大丈夫だ」

「……姉さん！」

俺が唸《うな》っていると、剣士たちの間からライザ姉さんが顔を出した。

まさか、その身体で戦うつもりなのか……!?

俺が動揺していると、姉さんは腰から古びた剣を抜き放つ。

輝きが薄らいでいるが、それは紛れもなくあのアロンダイトであった。

「これで今度こそ奴を斬る」

「待って！　そんなことしたら、姉さんの方が死んじゃうよ！」

「安心しろ、自殺願望はない。皆の力をこいつに結集させるんだ」

「みんなの力を……この剣に？」

「そうだ。この剣は剣聖しか振るうことができないが、あいにく今の私には十分な体力がない。そこで、皆の力を借りようというわけだ」

「なるほど……。でも姉さんってそんな技使えた？」

なるほど、ライザ姉さんの言う通りだった。

アロンダイトを姉さん以外振るえないというのならば、そうするより他はないだろう。

けれど、姉さんがそんな技を使えるなんて聞いたことが無い。

どちらかといえば、剣技というよりは魔法に分類されるものだろうし……。

そんなことを俺が考えていると、ライザ姉さんはニタッと不敵な笑みを浮かべて言う。

「お前がやるんだ、ノア」

「俺が⁉」

「そうだ。前にベルゼブフォと戦った時に、皆で魔力を注《そそ》いだだろう？　あれを応用して何とかしろ」

「そんな無茶苦茶な……⁉」

シエル姉さんが聞いたら、怒って杖《つえ》で殴りつけてきそうなぐらいの暴論が飛び出した。

確かに以前、街を襲う大波を防ぐために街中の魔導師の魔力を一つの術式へと集めたことはある。

けれど、魔力と生命力では扱いがまるで違うのだ。

一応、変換する術式もあるにはあるのだが……。

加えて、あの時みんなで魔力を注いだ術式は街を一つ覆うほどの巨大なもの。

剣一本に力を集める術式なんて……いや、できなくはないのか……？

俺があれこれと逡巡《しゅんじゅん》していると、不意にライザ姉さんが手を握ってくる。

「ね、姉さん？」

「頼む、こればかりはお前にしかできない」

俺の顔をまっすぐに見据えながら、姉さんはゆっくりと頭を下げた。

あのプライドの高い姉さんが俺にここまで頼み込んでくるなんて。

……こうなったら、とにかくやるしかないな。

ほかに手段らしい手段もないし、姉さんの完全復活を待つわけにもいかない。

俺はいよいよ腹を決めると、スウッと息を吸い込んで言う。

「わかった。けど、ちょっと時間がかかる。皆さん、何とか三分だけ時間を稼いでくれませんか？」

「三分か……長いな」

「けど、これだけ人数がいるならやってやれなくはないでしょう」

「ほかならぬライザ殿の頼みとあれば、このアルザロフが命に代えてもやり遂げてみせよう！」

「……私ではなく、ノアなのだがな」

俺の問いかけに、すぐさま応じてくれる剣士たち。

大剣神祭の出場者がほとんどを占めるだけあって、その返事は実に頼もしいものだった。

……約一名、少しずれているような人がいるがまあ大丈夫だろう。

俺はさっそく、姉さんに生命力を集めるための術式の構成にかかる。

「ええっと、あの洞窟にあった術式も参考になりそうだな……」

ジンの魔力だけでなく、生命力まで吸い上げて封じ込めていた古代の術式。

あの内容も参考にしながら、少しずつ術式を構成していく。

シエル姉さんに叩《たた》きこまれた多岐にわたる魔術の知識。

それを総動員しての作業は、脳が痺《しび》れるかのようであった。

「何をこそこそと。叩き潰《つぶ》してやろう」

やがて、こちらの動きを察したジンが攻撃を仕掛けてきた。

様子を見るつもりだったが、いよいよ焦《じ》れたらしい。

すぐさま、アルザロフを筆頭に剣士たちが動き始める。

「奴に攻撃をさせるな！　数で圧倒するんだ！」

「背中へ回り込め！」

「こいつ、反応速度は遅いぞ！」

巨大な異形を相手に、果敢に仕掛けていく剣士たち。

しかし、ジンもただやられているわけではない。

剣士たちの動きが速いとみると、自らも射出の速い雷撃を連発し始める。

「うおあっ!!」

「散れ！　固まりになるな！」

「こいつ、全く斬撃が効かないぞ！」

次第に剣士たちの中にも、怪我をする者が増え始めた。

さらにどれだけ攻撃を仕掛けても堪《こた》えた様子の無いジンに、焦《あせ》りが生まれ始める。

もう少し、あともう少しで術式自体は組み上がる。

それまで何とか持ちこたえてくれ……！

俺は参戦できない自分に歯がゆさを覚えつつも、懸命に手を動かした。

石畳の舞台に、少しずつ魔法陣が刻み込まれていく。

「ノア、まだか？」

「あとちょっとです！」

しびれを切らし、俺に問いかける姉さん。

それに返事をしたところで、にわかにジンの魔力が高まった。

おいおい、嘘《うそ》だろ……!?

まさかこの舞台ごと吹き飛ばす気か!?

ジンの口元に現れた巨大な雷の塊。

それは、さながら闇夜《やみよ》を照らし出すよう。

その破壊力なんて、想像したくもない。

「これで終わりだ!!」

「……まずい!!　逃げろっ!!」

バリバリと大気を切り裂きながら、こちらに迫る雷の塊。

あまりに膨大な魔力を秘めるゆえか、その動きは不気味なほどに遅かった。

しかし、ここで逃げてしまうわけにもいかない。

術式の作成を中断すれば、再び最初から作り直しとなってしまう。

いったい、どうすれば……!

俺たちがまさに雷に呑み込まれようとしたその瞬間。

黒い影が割って入ってくる。

「奥義・鏡返し!!!!」

「この技は……!!」

雷の塊が、さながら光が反射するように戻っていった。

間違いない、ゴダートの奥義だ!!

信じられない、あの状態で地下を脱出してここまで来たのかよ!!

あまりの驚きに、俺は一瞬だが思考を止めかけてしまった。

しかしすぐに、姉さんに向かって叫ぶ。

「できました！　みんなの力を、ぜんぶ預けます!!」

「任せろ！　今度こそあいつを跡形もなく消してやる!!」

やがて心地よい脱力感と同時に、アロンダイトが黄金の輝きを放った。

その光はさながら、夜明けを告げる太陽のよう。

あまりにまばゆくあまりに神々しい。

その場にいた誰もが目を奪われ、対するジンまでもが目を見開く。

「なんだ、それは……!!」

「貴様を殺す刃《やいば》だ。滅びろおおおぉっ!!!!」

「ぐおあああっ!!」

黄金の奔流《ほんりゅう》。

それが瞬く間にジンの巨体を呑み込み、全身を覆っていた黒雲を吹き飛ばした。

分厚い体皮が切り裂かれ、ジンの全身から血飛沫《ちしぶき》が上がる。

「ぐおあああっ!!　なんのっ……！」

……しかし、あと一押しが足りない。

圧倒的な生命力の奔流に押し流されながらも、ジンはどうにか立ち続けていた。

地下洞窟でもそうだったが、アロンダイトだけでは倒しきれないのか……？

皆が祈るような視線を向けるが、ジンの身体は倒れない。

そして――。

「……はぁ、はぁ!!　堪《こら》えたぞ！　堪えてやったわ！」

やがて攻撃を耐えきったジンは、這《ほ》う這《ほ》うの体《てい》ながらも高らかに勝利を叫んだ。

皆の力を集めても、あと少し届かないのか……。

けれど俺たちには、もう一押しをするための手段があった。

かつて勇者が振るった退魔の刃――聖剣だ。

「はああぁぁっ!!」

「ぐおあっ!!!!」

黒雲による防御を失ったジンの肉体。

それを聖剣は呆気《あっけ》ないほどにあっさりと貫いた。

やはり、あの黒雲こそが驚異的な防御力のカギだったのだろう。

それを失ってしまっては、聖剣の力に抵抗することはできないようだった。

たちまち聖なる光が溢《あふ》れ出し、ジンの身体を内側から焼き始める。

「おのれ、おのれ……!!」

「大人しく……いけ!!」

最後の抵抗を見せるジンに、強引《ごういん》に刃をねじ込む。

――ここで退くわけにはいかない！

俺もまたジンの背中の上で、懸命に踏ん張る。

限界を超えた肉体が悲鳴を上げるが、もはや構ってはいられない。

もはや、精神力だけが肉体を支えていた。

「はあああぁぁっ!!!!」

――ドクンッ!!

やがて、ジンの巨体が大きく跳ねた。

そしてにわかに力を失い、その場に崩れ落ちる。

俺はどうにか最後の力を振り絞り、倒れる巨体からどうにか逃れた。

「はぁ、はぁ……」

「……終わったようだな」

「ええ」

すぐにこちらに近づいてきた姉さんに向かって、俺は息を整えながら頷《うなず》いた。

やがてジンの巨体が、少しずつ光の粒となって天に昇っていく。

その様子は、恐ろしい魔族の死に様とは思えないほどに美しかった。

俺も姉さんも、そして他の剣士たちも揃《そろ》って遥《はる》か空を見上げる。

「一時はどうなることかと思ったが、何とかなったな」

「あ、見てください！　太陽が出てきましたよ」

群青色の空の彼方《かなた》から、太陽が少しずつ顔を出し始めた。

いつの間にか、もうこんな時間になっていたのか。

本当に長い長い夜だったなぁ……。

俺が万感の思いで胸を撫《な》で下ろすと、姉さんがふと思い出したように言う。

「そういえば、ゴダートの奴はどこだ？　先ほどの技、どう見ても奴の奥義だったが……」

「あれ、見当たりませんね。あの怪我じゃ、そんなに動けるわけないいんですけど」

周囲を見渡してみるが、ゴダートの姿はどこにもなかった。

あんな芸当ができるのは、あの男ぐらいしかいないはずなんだけど……。

念のため、近くの瓦礫を動かしてみるがやはり影も形もない。

「……うーん、どこ行ったのかな？」

「まぁ、そんなに心配することもあるまい。今さら、悪の道にも戻らんだろう」

「そういうものですかね？」

「ああ、何となくわかる」

妙に自信満々な様子のライザ姉さん。

剣士としての勘というやつであろうか。

やがて彼女は、すっかり壊れてしまった闘技場を見て困ったように言う。

「しかし、これではもう大会は続行できないな」

「……とりあえずは、ライザ姉さんが剣聖ということでいいんじゃないですか？　もともと時季外れな大会だったんだし」

俺がそう言うと、周りにいた剣士たちもうんうんと頷いた。

結局、ジンを倒したのもほとんどライザ姉さんのようなものである。

ゴダートが行方《ゆくえ》不明になった今、彼女に勝てる剣士もいないだろう。

闘技場が再建されるまで、姉さんが剣聖を続行するということで異論はない気がする。

「だが、準々決勝までいったのだぞ？　それを今さら中止というのも……」

「皆様、ご無事でしたか⁉」

ここで、遠くからメルリア様の声が聞こえてきた。

俺たちはひとまず会話を中断すると、彼女たちに向かって大きく手を振る。

「こっちですーー‼　もう魔族は倒しましたよ‼」

「えっ⁉　それは本当ですか⁉」

俺の言葉を聞いて、目を丸くするメルリア様。

慌てて駆け寄ってきた彼女に、俺は簡単にではあるがおおよその事情を説明する。

すると話を聞いたメルリア様は、ふふっと笑みを浮かべて言う。

「そういうことならば、ライザ殿が剣聖で文句ないでしょう」

「何か理由でも？」

「はい。そもそも剣聖というのは、あの魔族の封印に貢献した偉大なる剣士を讃《たた》えて生まれた称号だと聞いておりますので」

なるほど、そういった歴史的な経緯があるならば文句もつけようがないな。

姉さんもそれを聞いて、渋々といった様子ながらも頷く。

「……ノアとまた戦いたかったが、そういうことならば仕方あるまい。次の大剣神祭が開催されるまでは、今まで通り私が剣聖として務めさせていただこう」

「姉さん、それが本音だったんですね」

「あっ……!!　と、とにかく！　次の大会ではお前の腕前を必ず見させてもらうからな、ノア！」

慌てた様子のライザ姉さんに、はーいと軽く返事をする俺。

何はともあれ、こうして事件は終幕を迎えたのだった。

エピローグ

第十二回お姉ちゃん会議

「では、そろそろ始めましょうか」

エルバニアでの事件の翌日。

アエリアは通信球を使って、実家に集った他の姉妹たちに呼びかけた。

第十二回お姉ちゃん会議の始まりである。

さっそく、シエルが姉妹を代表してアエリアに問いただす。

「……まずは何があったのか説明してよ。突然連絡が取れなくなっちゃったし」

「そうですよ。みんな心配していたのですから」

「わかりましたわ。実は……」

姉妹たちに問い詰められ、事情を説明するアエリア。

しかし、弟のためとはいえ相手を買収しようとした自身の振る舞いを恥に思ったのだろう。

その声は自信に満ち溢《あふ》れた普段とは異なり、しょんぼりとしていて覇気がない。

「それで、そのゴダートって奴《やつ》に捕らえられたと」

「いえ、正確にはシュタイン殿下ですわね。ゴダートはわたくしをそのまま帰そうとしましたわ」

「ふぅん……やっぱり、ただの悪人じゃなかったのかもね」

どこかしっとりとした口調でつぶやくシエル。

共感というほどでもないが、ゴダートの内心に思うところがあるようだ。

彼女に共感するように、ファムもまた物悲しげな口調で言う。

「こういった方々の心を救うのも、我々宗教者の役目なのですが……。救いを与えられなかったことが悔やまれるばかりです」

「このゴダートっていうのはもともと東方の人間らしいし、ファムには関係ないんじゃない？」

「いえいえ！　この大地に生まれし者は遍《あまね》く神の子です」

「……そういうものなのかしら」

どこか納得がいかない様子のシエル。

するとそこで、エクレシアが妙にいい笑顔をして言う。

「ところで、そのゴダートにアエリアはいくらって言ったの？」

「え？」

「買収しようとした金額」

「ああ。エクレシアも変なこと気にしますのね」

ちょっぴり下世話な妹に苦笑しつつも、アエリアはそうねえと顎に指を当てた。

その様子に、シエルもどこか興味ありげな顔をする。

「王子が出すと言った金額の三倍出すと言いましたわ。単にそれだけ言っても説得力がないと思いましたから、前金で五千万ゴールド分の金貨を持って行きましたわね」

「……流石《さすが》はアエリア、えげつないわね」

「予想以上」

「雇い主が王子でしたもの。そのぐらい当然ですわよ。結局、お金は持っていかれてしまいましたが」

大変なことを実にあっさりと言ってのけるアエリア。

彼女は呆《あき》れる姉妹たちをよそに、それはそれとしてと話題を切り替える。

「ともかく、無事に大剣神祭は終わりましたわ。闘技場が再建され次第、改めて大会を実施するとのことですが……。あと数年はかかるでしょうね。第一王子が亡くなって国もガタガタですもの」

「政情不安を引き起こしていた原因がいなくなっただけ、まだマシといったところでしょうか？」

「まあいずれにしても、しばらくはライザが剣聖のままでしょうね。ノアが剣聖になるのは当分先でしょう」

「問題は、それよりも事件の黒幕についてじゃない？」

ここで、シエルが不意に真剣な顔をした。

それを聞いたエクレシアやファムは、おやっと不思議そうな顔をする。

「黒幕というのは、そのジンという魔族のことですか？　既に倒されたそうですが」

「もう死んでる」

「そうじゃないわ。考えてもみてよ、たまたま封印の緩んだ古代の魔族がたまたま排斥されつつある王子と接触するなんて偶然が過ぎると思わない？」

「それぐらいなら十分あり得ることではないでしょうか」

シエルの意見に納得がいかないのか、ファムはうーんと首を傾《かし》げた。

するとここで、シエルに代わってアエリアが言う。

「封印されていた魔族が王子を操《あやつ》ったにしては、やり方がひどく人間的な気がしますわ。コンロンをうまく利用しているところなども気になりますわね」

「言われてみれば、そう思えなくもない」

「……あくまで仮にですわ。もしコンロンが、魔族と王子が接触するように誘導してさらに取り入ったとするなら辻褄《つじつま》は合いますわね」

アエリアの言葉に、場の空気がにわかに変わった。

たちまち、ファムが少し顔を引《ひ》き攣《つ》らせながら言う。

「ですが、それだとコンロンが魔族の存在を知っていたということになりますわ。いくら闇《やみ》の武器商人とはいえ……」

「ひょっとすると、コンロンは魔界の息がかかった組織だったりするかもしれないわ」

「……え？」

「怪しいと思って、ちょっといろいろ調べてみたんだけどね。あいつらの扱っている魔導具、人間界ではめったに使われない術式が一部で使われていたわ。うまく隠してあったけど、出所はたぶん魔界よ」

どうやら、先日の会議から今日までの間に魔導具を取り寄せて調べてみたらしい。

専門家であるシエルの言葉には、それなりに重みがあった。

さらに畳みかけるように、アエリアが続ける。

「確かにあれだけ大規模な組織にしては、実態が摑《つか》めなさすぎるというのもありますわね。会頭が誰《だれ》なのかすら、いまだによくわかっておりませんの。うちの店の情報網ですら引っ掛かりませんのよ」

「そうなると、いよいよきな臭い」

「今すぐノアたちにこれを知らせて、関《かか》わらないようにさせませんと」

「それも今さら難しいですわねえ」

ファムの言葉に対して、うーんと唸《うな》るアエリア。

そのまま彼女は姉妹たちに自身の考えを説明する。

「ゴダートは奴らにとっても大戦力のはず。それを倒したことで、ノアたちが目を付けられる可能性は高いですわ」

「何とかならないのでしょうか？」

「やれるだけのことはもちろんしますが、いかんせん相手の実態が摑めないと。困りましたわね……」

弱気な態度でつぶやくアエリア。

古代魔族を退けたノアたちに、またしても不穏な影が迫りつつあるようであった——。

おまけ

剣聖になった姉

「優勝おめでとう、ライザ姉さん！」

今からおよそ二年前のこと。

大剣神祭を終えて帰ってきた姉さんに、俺《おれ》は満面の笑みでそう告げた。

この大会で優勝したということは、それすなわち剣聖になったということ。

ライザ姉さんの強さは身をもって知っているが、この結果は完全に予想外だ。

「試合はどうだった？　やっぱりみんな強かった？」

「ああ、一癖も二癖もある強者ばかりだった。試合の後で私に告白する者まで……。いや、この話はやめておこう」

誇らしげな笑顔から一転して、急に渋い顔をしたライザ姉さん。

彼女はそのまま大きく息を吐くと、肩を軽く回しながら言う。

「流石に少し疲れた。部屋で休みたい」

「食事はどうしますの？　ライザの好きなものを用意いたしましたが」

「後で食べに行く」

アエリア姉さんの問いかけにそっけない様子で答えると、ライザ姉さんはさっさと部屋に戻ってしまった。

……ライザ姉さんがあんなに疲れた顔をするなんて、珍しいな。

俺がそう思っていると、シエル姉さんが笑いながら言う。

「ライザのやつ、かなり無茶したみたいね。それだけ剣聖になりたかったってことかしら」

「当然だよ。剣聖と言えば、全剣士の頂点に立つ存在だからね」

「そりゃそうだけど、それだけじゃない気もするのよね」

「んん？　どういうこと？」

「アンタがいつも読んでた本。それを思い出せばわかるわ」

からかうようにそう言うと、シエル姉さんもどこかへ立ち去ってしまった。

俺がいつも読んでいた本か……。

それと剣聖がいったいどう結びつくというのだろうか？

ウィンスター王国物語、ジークの討竜記、ラージャ冒険物語……。

脳内に次々と本のタイトルを思い浮かべるが、なかなかピンとこない。

こうしてうんうんと唸っていると、エクレシア姉さんがぽつりと言う。

「剣聖ローグ伝説」

「ああ、なるほど！」

剣聖ローグ伝説というのは、俺が小さい頃に大好きだった絵本である。

最近は読んでいないので、すっかり忘れてしまっていた。

本の中で活躍する剣聖ローグの姿に、昔は憧れたものだなぁ。

ライザ姉さんと一緒に、ローグごっこなんてしたこともある。

「つまり……ライザ姉さんは、ローグに憧れて剣聖になったってこと？」

「たぶん、それは違う」

「え？」

ブンブンと首を横に振るエクレシア姉さん。

会話の流れから考えるに、それでほぼ間違いないと思ったんだけどな。

違うとすれば、いったいどういうことなんだろうか？

俺が再びああでもないこうでもないと考えを巡らせ始めると、エクレシア姉さんは呆れたように大きなため息をつく。

「ノアは鈍感。ライザも苦労する」

「どういうことなのさ？　教えてよ、姉さん」

「自分で考える」

呆れたようにつぶやくと、エクレシア姉さんはぷいっと目をそらしてしまった。

完全に機嫌を損ねてしまったようである。

「うーん、まさか……」

――俺が剣聖に憧れているから剣聖になった。

ふとそんな考えが脳裏をよぎったが、すぐにそんなわけないと苦笑した。

あのライザ姉さんが、俺のためにそこまでしてくれるはずがない。

大剣神祭に出かける前だって、修行は怠《おこた》るなとガミガミガミガミ……。

うぅ、思い出すだけで耳が痛くなってしまう。

大一番を前にして気が立っていたのか、ここ最近は特にひどかったからなぁ。

「……ま、おめでたいことだし理由なんて別にいいか」

若干憂鬱な気分となってしまった俺は、とりあえず考えることをやめた。

せっかく、ライザ姉さんが剣聖となって帰ってきためでたい日なのである。

「アエリア姉さん、もうご飯の準備はできてるの？」

「いえ、まだ済んでおりませんわね」

「じゃあ、俺も手伝うよ」

こうして俺は、アエリア姉さんと共に夕食の準備をするべく食堂へと向かった。

その頃にはすでに、姉さんがなぜ剣聖になったのかという問いは脳内からすっかり消えてしまっていた。

○●○

「……ふぅ」

ノアたちがパーティの準備を始めた頃。

自室に戻ったライザは鎧《よろい》を脱ぐと、椅子に深く腰かけて久々にゆったりとくつろいでいた。

大剣神祭が終わってから、彼女は休む間もなくウィンスターへと帰ってきたのである。

数々の激戦とその後の長旅には、流石に少し疲労していた。

「……あのノアの顔。実に良かった」

ここでふと、出迎えに来たノアの顔を思い出して表情を緩めるライザ。

普段はライザの厳しさに恐れをなし、どこか弱々しい顔をしているノア。

それが今日は、純粋な憧憬と尊敬のまなざしを彼女に向けていた。

こんな目をノアがライザに向けるのは、いったいいつぶりのことであろうか。

もしかすると、二人が剣術の修行を始める以前にまで遡《さかのぼ》らなければいけないかもしれない。

「これでこそ、剣聖になった甲斐《かい》があるというものだ。ふふふ……」

やがて不気味な笑みを浮かべながら、ライザはゆっくりと椅子から立ち上がった。

そして本棚の前へと向かうと、一冊の絵本を取り出す。

年季の入ったその表紙には『剣聖ローグ伝説』と丸みのある文字で記されていた。

「ノアよ、私は覚えているからな。お前がどれほど剣聖に憧れていたかを」

そうつぶやくと、明日からの修行風景を妄想し始めるライザ。

やがて彼女の脳内に現れたノアが、キラキラした目をしながら次々と称賛の言葉を発する。

――流石は剣聖、すごいよ！

――剣聖の技はやっぱり一味違うね！

――剣聖の姉さんは俺の自慢だよ。

「ああ、たまらん!!」

我慢ならなくなったライザは、そのままベッドへと飛び込んだ。

そして思いきり枕に抱き着くと、そのまま頬ずりを始める。

こうして夕食に呼ばれるまでの間、彼女は幸せな妄想に浸るのだった。

あとがき

読者の皆様、こんにちは。

作者のkimimaroです、まずは本書をお手に取って頂きありがとうございます。

今回は大剣神祭ということで、戦闘シーンの多い巻となりました。迫力のある戦闘を書くことに個人的な憧れがありましたので、今回はこれまでで一番書いていて楽しい巻だったかもしれません。もっともその分だけ、時間がかかってしまってかなり大変だったのですが……。これも産みの苦しみという物でしょうか。

このように全般的に力の入っている巻なのですが、個人的に最も気に入っている場面が終盤のジーク対ゴダートです。とても力を入れて書きましたので、結末も含めてぜひお楽しみいただければと思います。恐らく、本シリーズ全体で二番目か三番目くらいには執筆に時間がかかっております。果たしてジークは強敵に打ち勝つことができるのか、ご期待ください。

また今回も、もきゅ先生に素敵な挿絵をたくさん描いていただきました。特に新キャラであるメルリアは、非常に可愛くデザインしていただいて出番をもっと増やしてあげればよかったと後悔しているぐらいです。色気と上品さのバランスがとても良く、今後、何かの機会があればまた出してあげようとひそかに決意いたしました。メルリアの今後にご期待ください。本作が十巻ぐらい続けば、可能性は十分あります！　……十巻続けることが大変なわけですが。

最後に、編集部の方々をはじめ本書の流通にかかわる方々すべてにこの場を借りて感謝を。本書がこうして無事に読者様の手元に届いているのも、皆様のおかげです。大変ありがとうございました。

二〇二三年　七月

ファンレター、作品の
ご感想をお待ちしています

〈あて先〉

〒106－0032
東京都港区六本木2－4－5
SBクリエイティブ（株）
GA文庫編集部 気付

「kimimaro先生」係
「もきゅ先生」係

本書に関するご意見・ご感想は
右の QR コードよりお寄せください。

※アクセスの際や登録時に発生する通信費等はご負担ください。

https://ga.sbcr.jp/

家で無能と言われ続けた俺ですが、世界的には超有能だったようです 7

発　行　　2023年8月31日　初版第一刷発行
著　者　　kimimaro
発行人　　小川　淳

発行所　　SBクリエイティブ株式会社
〒106−0032
東京都港区六本木2−4−5
電話　03−5549−1201
03−5549−1167（編集）

装　丁　　AFTERGLOW

印刷・製本　中央精版印刷株式会社

ISBN978-4-8156-2108-7
Printed in Japan
GA 文庫

第16回 GA文庫大賞
GA文庫では10代～20代のライトノベル読者に向けた
魅力溢れるエンターテインメント作品を募集します！
物語が、華ひらく。
イラスト／風花風花
大賞賞金300万円＋コミカライズ確約！
◆募集内容◆
広義のエンターテインメント小説（ファンタジー、ラブコメ、学園など）で、日本語で書かれた未発表のオリジナル作品を募集します。希望者全員に評価シートを送付します。
※入賞作は当社にて刊行いたします　詳しくは募集要項をご確認下さい
リニューアルで選考課程を一新!!!
応募の詳細はGA文庫公式ホームページにて
https://ga.sbcr.jp/